EE

Hans Pleschinski

Zerstreuung

Spanische Novelle

Mit einer Nachbemerkung von
Matthias Politycki

Edition Epoca

1. Auflage August 2000

Satz und Gestaltung: Tatiana Wagenbach-Stephan, Zürich
Schutzumschlag: Peter Volkart, Zürich
Druck und Bindung: Franz Spiegel Buch GmbH, Ulm
ISBN 3-905513-22-6

ANTONIUS, verblüfft:
Was für eine Fülle! Was will das alles?
(Flaubert, Die Versuchung des heiligen Antonius)

1

Tatsächlich, es ist wieder trübe. Seit zwei Wochen geht man morgens aus der Haustür, und als erstes muß man den Mantelkragen hochschlagen und zuknöpfen, was zuzuknöpfen ist.
Auch mittags wird es noch richtig kalt sein. Der Monat heißt Oktober – goldener Oktober, das ist ein Begriff aus der Werbung für Winzerfeste.
Ob das Wetter, gegenüber früher, kaputtgegangen ist? Man hört's, allgemein.
Da steigt sie in ihren Bus.
Susanne, wollte ich sagen, aufstehen!
Gerda, hab' ich gesagt. Ob es sie verletzt hat? Sie schaut ja nicht einmal zurück. Jetzt ist sie fort, die Susanne.
Los jetzt, zur Arbeit.
Ich kenne das Vorkriegs-Bremen nicht, ich kann mir aber vorstellen, daß ich an einem solchen Herbsttag, selbst auf dem Weg ins Studio, früher eine Freude am Norddeutschen und am Hanseatischen gehabt hätte. Die Häuserzeilen, in denen sich 1513 und 1925 aneinandergedrängt haben – weggebombt... und der Rest der windschiefen Bausubstanz: glattsaniert. So ist es.
Das Schrullige gibt es noch, allerdings ist es ins Stadtmuseum gewandert: ausgestopfte Wasserträger, Marktfrauen und Senatoren mit durchnumerierten Trachten. Es ist vorbei mit dem Klönschnack auf den Bänken neben der Haustreppe.
Mein allmorgendlicher Konflikt mit der Bremer City.
Die meisten Leute sehen, aber wissen nicht, daß die Stadt nun allmählich futuristisch wird. So, wie es keiner gewollt hat: mit die-

sen schwarzen Spiegeltürmen dort hinter der Börse und dreisten Betonkübeln für japanische Krüppelpflanzen mit blöden Beeren, die zwölf Monate lang rot sind. Das soll der Ergötzung dienen. Design, daß einem der Geschmack vergeht. Eine ganze Generation von verunsicherten Architekten traut sich, mir mit ihren ewigen Viereck-Flächen das Blickfeld zuzuriegeln. Gleich wird's losregnen. Ich hätte mir einen Schirm mitnehmen sollen... aber bei diesem hektischen Aufbruch heute morgen...
Die Hertie-Front. Jeden Morgen erinnert mich diese Ausgeburt von Häßlichkeit an meine ehemals so klaren Ideen über das Menschenwürdige. Die bis ins Detail selbe Fassade habe ich jetzt schon in rund einem Dutzend Städte gesehen. Wenn man sich nicht sagte: Jetzt bist du in Bremen, würde man's nicht bemerken.
Ich fürchte, daß es nächstens auch keine Bremer und keine Darmstädter mehr geben wird. Nur noch Westdeutsche ohne Zutat. Dementsprechend aromalos sehen sie schon jetzt aus. So ein globaler Verschnitt aus Siebziger-Jahre-Mentalität. Erhebend ist das nicht.
Wie jetzt die Susanne in ihrem Bus wohl an mich denkt?
Geiler Typ vom Fernsehen, denkt sie wohl. Das könnte ich ihr nicht so einfach zugestehen. Es hat schließlich seine Gründe, warum ich morgens im Bett ungenießbar wirke oder es bin ... da bei der Böttcherstraße haben sie uns ein paar Häuser aus Backstein und mit weißlackierten Fensterrahmen frisch hingestellt. Man braucht ja etwas zur Identifizierung dieser Stadt und dann auch zum Fotografieren und für die Ansichtskarten. Aber – lächerlich diese Betonung des Originellen und Beschaulichen.
Was spannt denn die ihren Schirm auf – noch regnet's doch nicht. Das nenn' ich Vorsicht.
Was tue ich eigentlich so, als würde ich leiden. Ich leide nicht. Aber es ist beleidigend, was man mir an Umwelt gibt. Ich fühle mich völlig übergangen. Seltsam, es wird doch allen so gehen. Mich beleidigen, ich kann gar nicht sagen wie, diese Banken und diese Versicherungen, die jede Atmosphäre wie ihr Eigentum an

sich reißen. Und wenn ihre Kasse geklingelt hat, dann lassen sie mir hier ihre ungastlichen Klötze ausgestorben zurück. Es kann mir niemand erzählen, daß er das liebe.
Gestern abend waren die beiden Telefonzellen hier noch heil. Da muß jemand mit der Axt in den Telefonapparat gehauen haben. Die Vereins- und Westbank zieht ihre Gitter auf.
Zwischen diesen Business-Diktaturen ist es mir passiert, daß ich meine Gegenwart inzwischen in zwei Arten von ›modern‹ aufgeteilt habe: die eine, die mit Kapitalien auf Bequemlichkeit spekuliert, und die andere, die das kritisiert. Zum letzteren gehöre ich und soll als Filmemacher am Zerstörerischen zerstörend wirken – das Aufstehen ist täglich ein Vergnügen. Jeder Tag, der anbricht, wartet mit den trübsten Aktivitäten auf mich: gewissenhaft nörgeln.
Ja, so hätte ich ihr doch meine Stimmung erklären können. Jetzt hab' ich nicht einmal ihre Adresse, um mich zu entschuldigen. Aber, wohl gut so – sie wird's verkraften … und ein Telefonat könnte sie als sehr verbindlich auffassen.
Ich hab' mir schon Mühe gegeben, sie nett zu wecken. »Der Hahn hat gekräht. Die Sonne lacht über Wald und Flur.« Sie hätte es als Schubs in den Tag nehmen können. »Komm, aufgestanden, ein frisches Bad im Morgentau!« Sie hätte gleich aufstehen und ins Bad gehen können. Aber nein, betont behaglich rollt sie sich in die Bettdecke, fängt schnurrend an mit meinen Fingern zu spielen, an meinem Bein zu kraulen. So schön das ist … ich kann morgens damit nichts anfangen. Der Wecker hat schließlich nicht nur einfach so geklingelt.
»Gut, Susanne, aber nur noch fünf Minuten« – es ist ja zu verstehen, dass da sauer reagiert wird. Sie scheint doch wohl noch naiver zu sein als ich. Vielleicht dachte sie: sie und ich, das müßte Zukunft haben … sollte sie das gedacht haben? – Der Rathausplatz, gepflegte Pflastersteinkultur, das ist auch so ein Platz geworden, wo man sich überlegt, ob das Auswandern nicht vielleicht

doch die einzige Möglichkeit ist, um dort leben zu können, wo man sich wohl fühlt.
Bei McDonald's hat man Mut genug, knallbunte Plastikmenschen, – oder soll es etwas Teddybärartiges sein? – als Werbung ins Fenster zu stellen. Ich sehe niemanden über diese Viecher einem Brechreiz nachgeben – da ist doch etwas zu Ende pervertiert. Oder noch nicht?
Leide ich denn an einer romantischen Schwangerschaft? Ich weiß nicht, ich weiß nur, daß mich dieser lockende Kunststofftyp mit einem Hamburger auf seinem Kopf beleidigt. In dieser Hinsicht bin ich stur und eingefahren und will es bleiben. Deshalb bin ich wohl Filmemacher: aus Beleidigung, aus Abneigung, daß man mich in ein paar Funktionen unterteilen will, um mich je nach Ort und Zeit benutzen zu können. Das fürchte ich wie die Pest.
Nanu, es scheint in Mode zu kommen, bei bewölktem Himmel den Schirm aufzuspannen. Ich sollte dem Herrn zurufen, wie albern er aussieht.
So viele Einwände gegen Bremen, obwohl ich damals gern hierhergekommen bin. Der Sender gilt als avantgardistisch, die Universität als angenehm beunruhigend, und der Senat ist zwischen den übrigen Regierungsnestern fast eine Rote Zelle. Es wäre allerdings übertrieben zu behaupten, daß sich die Parteien nicht auch hier in einem unattraktiven Gerangel verpulvert hätten. Wenn sie doch etwas Deutliches zu ihren Absichten sagen könnten, aber die eine wie die andere hat sich in Saturiertheit aufgegeben. Da werden aus Nuancen für die Wähler Himmel und Hölle abgeleitet und weitere Papierbeglückungen zusammengebastelt. Es ist die vertrocknetste Fortuna, die je den Olymp verlassen hat. Sie hat den Bilanzordner mit dem Füllhorn verwechselt. Wem soll man die Staatsverdrossenheit verübeln, wenn doch zur Zeit nur Trittchen zwischen Mehr-Wohlstand und Noch-mehr-Wohlstand getapst werden können. Und zum Beispiel muß man wohl

Betriebswirtschaft studiert haben, um die Gesetzmäßigkeiten der Entwicklungshilfe nicht kindisch fehleinzuschätzen …
Eine Beziehung eingehen? Mit Susanne? Nein, das steht zur Zeit nicht zur Debatte. Es geht mir auch gar nicht schlecht genug, um meiner Freiheit den Laufpass zu geben. Ich bin zu rege fürs traute Heim. Das Heim, das würde bei mir zum Psychodram zu zweit. Nein, ich verzichte. Lieber allein, noch. Nun ja, jetzt ist sie weg …
Es war eine ziemlich lange Zeit, in der ich für die Dritte Welt engagiert war. Aber, das Faß, das scheint ohne Boden. Die Erfolge, das, was wohltut, gehen da unter. Auch dort hätte ich mich gar nicht erst auf handfeste Erfolge fixieren sollen, und zwischen Kriegen, Revolutionen und Seuchen haut es nicht hin, mehr als versprengte Erste Hilfe leisten zu wollen. Ich war mir im übrigen auch sehr bald nicht mehr sicher, ob mit meiner und anderer Caritashilfe sich ein Bananendiktator über Hintertüren Ersatzteile für seine Amphibien-Panzer verschaffte …
Ich hätte sie nach ihrer Nummer fragen müssen. Es ist doch ganz wichtig, daß ich mich für meine Laune entschuldige – immer wieder diese überflüssigen Gewissensbisse. Sie war halt nicht faszinierend genug. Ich könnte heute abend ins ›Easy Going‹ schauen. Aber wieder mit ihr zu sprechen – das bedeutete eine zu große Intensität, die man kaum mehr zurücknehmen kann. Ich will nichts Festes mit ihr!… Neun Uhr. Jetzt wird die Stadt lebendig. Lebendig – natürlich stimmt das Wort, wenn es auch einen ironischen Touch hat. Das Lebendige, das entschieden Tätige der Leute ergibt sich wohl vor allem daraus, daß Dinge wie die Nachkriegshamsterei und der Ameisenfleiß der Trümmerfrauen noch ungebrochen im Gange sind. Unwahrscheinlich, was sich der Dekorateur da bei ›Fernseh-Feltner‹ geleistet hat: »Die Welt in Farben! Bei Telefunken 1500 Mark!«
Na also, man kann wirklich nicht sagen, daß das teuer sei.
… aber was für ein Jammerlied, ich möchte es gar nicht. Meine ich denn, was mir hier so durch den Kopf rauscht? Ich weiß nicht

recht – meine ich das jetzt alles, oder woher hab' ich es auf einmal. Der Tag fing schon übel an. »Ich geb' dir noch fünf Minuten.« Wie konnte ich das sagen. »Stephan, laß uns heute doch den ganzen Tag im Bett bleiben, die Gardinen gar nicht erst aufmachen, hm!« Und ich: »Du bist verrückt. Ich habe viel zu tun. Und zwar sehr bald.« Aber sie gab ja nicht auf. Nackt und verführend lief sie im Zimmer umher, legte sich mit Zigarette quer über die Couch, fuhr mir mit dem Fingernagel sinnlos die Wirbelsäule entlang. »Der Herr hat seinen Sex gehabt?« »Ja, habe ich, und du auch. Zieh dich bitte an!« Wie armselig von mir … und unter der eiskalten Dusche zu wünschen, daß der Kreislauf ein Tempo bekommt, bei dem man die Liebesnacht und die nachfolgenden Sentimentalitäten vollends los wird! »Ich möchte einen ungeheuer ruhigen und erotischen Tag haben«, hat sie gesagt. Aber, nach einer erotischen Nacht noch einen erotischen Tag? Ich kann das nicht. Ich muß zwischendurch etwas gearbeitet haben. Vor dem Vergnügen die Arbeit – das ist bei mir so.
»Niemand holt Brötchen?« hat sie gefragt und hat schon gegrinst. Da mußte ich nicht antworten. »Versteh doch, so ein Montagmorgen, ich hab' eine stupide Woche vor mir …« »Schwätzer«, hat sie gesagt und ist fort … Sie ist viel jünger als Gerda… die Neonazis sind da, direkt vorm Senat haben sie ihren Stand hingestellt, fünfzehn Meter weiter die Messiasanhänger in lockeren Gewändern, um die Ecke sicher wie immer die Marxisten. Daß sie schon so früh ihre Läden aufmachen. Was für eine Mühe sie investieren. Das ist eine für mich schon lange nicht mehr nachvollziehbare Engagiertheit. Wo haben sie nur ihre präzisen Pläne für die Welt her, aus welchem Labor? Nun, es wird so ein Flugblattschweben ins Bratenfett der westdeutschen Politik bleiben. Niemand, auch ich nicht, kann beweisen, daß sie, diese Politik, nicht die beste der deutschen Geschichte ist. Ich steh' als Intuitiv-Nörgler da. Wie leicht kann die vage Verdrossenheit einen verschlingen und todmüde machen. Da war so ein

Gefahrenmoment ungefähr vor zwei Jahren. Ich konnte mich damals noch mit Entschlossenheit in die hiesige Debatte über die »kostenfreien Lehrmittel« stürzen. Der Schwung war eine Woche lang echt, zwei Wochen lang habe ich ihn mir dann noch vorgetäuscht. Das wurde schnell uninteressant, für die Gratisschulbücher zu Felde zu ziehen. Die bedürftigen Eltern, mein Gott, blanke Not konnte ich da nicht entdecken. Dieser soziale Kampf, das war für mich, als wäre ich in einen Trog voller Butterkrem gerutscht. Darin kann man rühren, soviel man will, man findet keinen Zugriff. Bei aller Anstrengung, eindeutig sozial und gut zu sein, ist momentan keine Höhenluft erreichbar, nichts, was den Atem stocken läßt oder sehr viel schneller macht.
Mein soziales Engagement ist nicht weg. Nein, ich rege mich stellenweise noch immer auf: die Aufrüstung von Berlins Polizei mit Reizgas, Fernsehzensur durch Ausblendungen da unten in München – und schließlich mache ich mit Josef und Gerda diesen Film … aber das Komplexe der Probleme zerstört mir mein Profil. Es wird aufgeweicht, zwischen Mehrdeutigkeiten. Ich habe Angst, später nur noch Langeweile oder Zynismus zu kennen. Ich hatte bis jetzt Pech: die Arbeiten, die ich angepackt habe, hatten wohl noch nicht die durchschlagende Wirkung. Gerda weiß das. Mein Leben ist kleinkariert, wenn auch immerhin bei vollem Bewußtsein. Wenn ich mir die Passanten ansehe, dann bin ich fast stolz auf meine Sorte von Phlegma. Es ist ehrlich erworben! – Der Satz kommt mir merkwürdig vor – stimmt, er stammt von Gerda. Sie hatte ihn neulich gesagt. Aber in bezug auf was? Ich weiß nicht mehr.
Es ist doch nicht verwunderlich, daß nach dem Schritt ins soziale Engagement – ich hätte gern etwas Bedeutendes getan, aber das Bedeutende scheint geleistet zu sein – mein Ausflug ins Esoterische kam. Nicht Astrologie, nicht Buddhismus, aber einen Film über die See und ihre Sphäre wollte ich machen. Einen Film von der feinen und zeitgelösten Sorte. Die Probeaufnahmen dazu habe ich auf einer Nordseehallig gemacht, im späten September: eine

melancholische Leuchtturmwärterfrau, im Wattenmeer, zwischen Ebbe und Flut … sie und ihre sanften Gedanken, ihre Erkenntnisse aus dem Strandgut gewonnen. Das habe ich bald abgebrochen. Es gelang mir nicht, epochenlos seelisch zu werden. Die sentimentalen Ergüsse kamen zu den Akten. Es wäre höchstens ein trist-eleganter Schmalz geworden. Das geht anderen leichter von der Hand: die Profile durchweg im Weichzeichner, Strandhafer im Wind, die traute Symbolik von Deich und Wellen, die Untermalung mit Grieg … nein, letztlich bin ich kein Bonbonfabrikant.
Bonbonfabrikant – rasch gesagt; ich sollte mehr Angst davor haben, wie rasch sich bei mir die Begriffe einstellen. Habe ich eben Bonbonfabrikant gemeint?
Ich hatte recht, um die Ecke stehen die DKP-Leute. Mich würden sie wahrscheinlich für so verwelkt wie das ganze Land halten. Ist es das? Dann müßte nun ja bald eine Katastrophe ins Haus stehen. So lief es immer ab. Ob die Russen kommen, gar die Rot-Chinesen, noch einmal die Nazis oder nun Christus … einerseits, es wäre für etwas an der Zeit, andererseits, das sollte man nicht wollen und wie auch und was? … mein Anlauf zur Umwälzung ist noch gar nicht so lange her – es gab ihn jedenfalls. Hinein in die ›totale Negation‹, die Zeit mit den Gedanken an Dynamit in Bankschließfächern: die Knalleffekte konnte mir keiner wegdiskutieren. Das versprach Aufregung … aber, die Mördermentalität war mir nicht gegeben, nicht einmal für ein Script. Sicher war ich aber nur feige … Eine Ohrfeige könnte mich zur Raison bringen – Susanne hätte mir heute morgen eine geben können. Aber das ist wieder so eine konstruierte Idee. Einen Schal hätte ich umbinden sollen, es ist doch reichlich kalt. Feige? Sogar zweifach feige: erstens gegenüber meiner lustbetonten Wut; zweitens, mich konstruktiv den Gegebenheiten zu stellen… den Rausschmiß aus meiner Wohnung mochte ich nicht riskieren. Zu Beginn meiner Karriere hatte ich mir das anders vorgestellt. Der Untergang ist gar nicht der Tod, der Suizid, die Überholspur. Der Untergang ist

das, was mit mir jetzt abläuft. Konsequenzlosigkeiten haben sich gehäuft, nicht unbedingt im Denken, aber bestimmt im zupackenden Handeln. Ich muss sagen, daß ich – nie leichtfertig – brav geblieben, mit Umsicht sozusagen seit langem stehengeblieben bin. Wegen der Umsicht.
Nun, ich bin noch nicht unbrauchbar.
Da links ist der »Rolandshof«. Es gibt dort den besten Heidschnuckenbraten, in Wachholdersauce.
Gerda werde ich übermorgen zum Essen einladen. Schon wenn sie sich auf den Stuhl setzt, hat sie eine überdurchschnittliche Erotik.
Länger kann man mit ihr nicht flirten. Es muß etwas geschehen. Wenn man sich mit zwei ziemlich guten Körpern gereizt hat, nach allen Regeln der Kunst … ich kann unmöglich einen Rückzieher machen. Nicht auch noch im Intimbereich.
Ab November wird sie Cutterin beim Bayerischen Rundfunk. Heute muß ich mit ihr und Josef den Kernreaktorfilm schneiden. Hoffentlich ist die Sache bald geschafft. Immerhin gut, daß man beim Arbeiten die großen Ziele vergessen kann und ins Detail muß.
München – Gerda! Ein Abendessen mit ihr wird kein reines Vergnügen werden. Sie ist diskussionslüstern. Wenn sie doch nur nicht permanent die Ohrgehänge tragen würde – ich könnte sie streicheln, ohne das Geklingel von marokkanischen Glöckchen.
Ich hätte mich vielleicht mehr um diese Susanne bemühen sollen.
Beim Einschlafen denke ich verflucht oft an Gerda. Diese Fleischprozessionen gehören zu meinem Untergehen … Da kommt kein Fest zustande, zu zweien, sozusagen naiv, spontan und unvergeßlich. Ich sollte die Finger von ihr lassen. Aber unmöglich – nachts, im Bett dann solo? Ich bin nicht der Mann für Askese.
Soll man sich denn nicht im Vorbeifliegen genießen? Im Vorbeifliegen – »vögeln«, und dabei bleibt's.
Was ist daran schlimm? Es ist doch anregend.

Fünf Minuten noch, dann bin ich im Studio. Es lohnt sich fast, auch rein zeitlich, nicht mehr, sich ändern zu wollen. »Fast«, das Wort kommt häufig vor, ich fürchte, es ist ein Leitmotiv. Hoffentlich gehe ich in mich, wenn sie mir nicht mehr täglich vor Augen sein wird. Unter Umständen werde ich einen Verkehrsunfall haben. Der würde alles zum Stilleren hin regeln. Aber diese Sehnsucht nach dem Schock!

Ein Schritt auf dieser Straße, gleich ist man in elf Richtungen zerstreut.

Wohl Zeit für Urlaub, auf einem Atoll, für ein Jahr. Ich würde nicht mehr zurückkommen.

Wenn ich jetzt die Studiotür leise öffne und Gerda vielsagend zublinzle, dann ist das die richtige Rendezvous-Vorbereitung für übermorgen.

Was sie wohl für diesen roten Ledermantel, made in Firenze, bezahlt hat? Und Josef ist auch schon da. Seit unserer ersten gemeinsamen Produktion schleppt er diese Baumfällerjacke. Das ist kein Geiz. Das ist die modische Anti-Mode. Das kenn' ich auch schon. Soll er. Unmodisch ist es inzwischen übrigens auch … das war doch seine Hand an ihrem Hals!

»Guten Morgen, Stephan.«

»Tag, Stephan.«

»Morgen, Morgen.«

Wo ist nun mein Zorn, wo ist meine Enttäuschung? Er war also flinker. Hat er sich also an sie rangemacht.

Kein Zorn? Mein Gott, kein Zorn da!

»Josef, Gerda, kommt, ans Werk.«

»Lass uns erst einmal in Ruhe die Zigarette zu Ende rauchen, Stephan.« Jeder Anlaß für eine Zigarettenpause wird genützt. Ist eigentlich auch ganz richtig, wie wir durch viele Zigaretten eine Einheit mit Gift bilden … bei legerer Haltung der Zigarette ist die gewisse Verbrauchtheit raffiniert eingestanden …

»Hast du gestern die Sendung im Dritten gesehen?«

Was will er denn jetzt? Dieses Andeutungsvolle, was soll das?
»Unseren ganzen Film lang, nicht wahr, Stephan, wettern wir gegen die Kernenergie, en bloc. Die Idee, den Streifen mit der ›Pastorale‹ zu unterlegen, war von Anfang an plump. Wir haben uns das Schimpfen und Zetern ein bißchen zu leicht gemacht. Ich habe gestern Zweifel bekommen, Stephan, ob unser Konzept stimmt. Anstelle von Plutonium-Hysterie müßte man die Forderung nach Sicherheit, größerer Disziplin bei der Planung zumindest einbeziehen. Fegefeueraktionen – letztlich unvertretbar. Die Fachwelt bekäme bei dem Film das Gähnen. Seit längerem zweifle ich schon – dir, Stephan, auch Gerda, ist doch klar, daß ohne Kernenergie hier der Ofen aus wäre. Unser Urschrei mag sympathisch sein, aber ... Wir müssen erheblich wissenschaftlicher recherchieren, konkrete Fakten in der Hand haben. Es ist mir jetzt ganz schleierhaft, wie wir ohne annähernd profunde Sachkenntnis ans Drehen gehen konnten. Wir müssen eine Statement-Schiene einbauen. Entschuldigt, aber unser Anlauf war Quatsch, war nichts. Nötig ist Ausgewogenheit.«
»Ausgewogenheit, ja, ja natürlich, Sepp. Aber wollten wir denn abwägen, wollten wir nicht ein Pamphlet?«
»Das ist tatsächlich unverantwortlich, Stephan. Josef hat recht. Wir würden als Blamierte dastehen.«
»Also, verstehe ich euch beide richtig: keine Position?«
»Eine vernünftige.«
»Keinen Elanausbruch folglich?«
»Es geht nicht. Das Anzweifeln haben wir intus. Wir müssen uns die Mühe zu exakter Kleinarbeit machen. Das braucht wohl mehr Elan ...«
»Stephan, du hast die Verantwortung des Journalisten. Du kannst nicht mit dem eisernen Besen rangehen. Alles ist heut' weiter als vor einem Jahr. Es gibt zu viel Neues, als daß wir diesen Streifen Fanatismus unter die Menschheit lassen könnten. Bist du ein Fanatiker, Stephan? Oder willst du gerecht sein, hm!«

»Ja, du hast vollkommen recht, Josef. Aber es langweilt mich. Ihr erinnert euch beide: ist die Filmidee nicht plötzlich und aus Panik gekommen, als uns die zwei Kollegen aus Japan von der Bombe in Nagasaki, den Genmutationen sogar bis heute, erzählt haben? Die Idee kam aus Panik vor Strahlen. Wir wollten Angst und Wut umsetzen. Auf den Druck der Technologie mit ebenso trotzigem Gegendruck antworten! Vergessen? Ja, ich hatte eher an eine Diktatur gegen die Diktate von Energiesystem, Wirtschaft und so gedacht. Schade, daß du lächelst, Gerda. Wie über Kinderstreiche.«
»Stephan, nach diesen zwei Stunden im Dritten mit dem dänischen Experten ist mir der Schwung zu unserem Blindenkonzept endgültig über Bord gegangen. Du kannst unmöglich eine krasse Antwort geben. Was wir versuchen können, Stephan, heißt: Aufklärung.«
»Ja, zivilisiert. Das Ganze war also prähistorisch. Es hatte mir sogar Spaß gemacht.«
»Wir schätzen doch auch beide den Einsatz, mit dem du bei der Sache warst.«
»Laß deine Diplomatie, Gerda. Du sprichst mit Rauch im Mund. Das muß natürlich genau durchdacht werden. Ihr wollt schließlich unser kindisches Pamphlet zum schon angepaßten Bericht veredeln.
Ich kenne schon im voraus die Theorieschlachten, wobei ein optimales Mischprodukt aus Ruhrgebiet und Nationalpark herauskommen wird. Für heute lassen wir das. Gerda. Das wird garantiert noch eine Tüftelarbeit. Wir sollten uns in der TU-Bibliothek schon drei Sitzplätze fürs kommende Jahr reservieren lassen. Ich werde mich fügen, also werden wir erst einmal Physiker, um unsere Meinung haben zu wollen. Aber Spaß beiseite, einen Tag Bedenkzeit für jeden. Wir machen heute Pause.«
Wie Gerda verantwortungsvoll nicken und sich nebenher kämmen kann.
»Nicht mit dem Kopf durch die Wand, Stephan.«

»Sei bescheiden, Stephan.«
»Das wird wohl so werden, Gerda. Adieu!«

Ich werde auf Sabine zurückgreifen. Sie ist immer dankbar dafür. Ich kann sie ja zum Essen einladen. Wenn sie da ist, brauche ich heute abend keine Selbstgespräche zu führen. Und für die Nacht etwas Zweites, Lebendiges. Ich werde sie nie lieben, aber ich werde für kurz sehr glücklich sein – immer, selbst beim sinnlosesten Kuß. Eines der verbliebenen Wunder.
Kalt ist es. Die Autos springen erst beim dritten Aufheulen an. Los, du Opelchauffeur, beiß nur in die Hupe, ich geh' nicht schneller. Ich bekämpf' dich und deinen sturen Krawall. Aus jedem Punkt platzt ein Lärm um den Schädel. Das ist mehr als nur beleidigend. Man verletzt mir physisch die Ohrmembran. Energiefragen überhaupt!
Giftmüll unter den Sohlen, aber mein Elektroofen heizt gut. Was soll man machen? Die nonchalante Handbewegung eines Krebskranken, der von stoischem Gleichmut gelesen hat?
Nieselregen. Das macht die Scheußlichkeit wenigstens komplett. Jetzt ist sie umfassend, jetzt weiß ich, daß ich ausgeprägt schlechte Laune haben darf. Oktober!
Was! Der alte Schatten geht? FRANCO IM STERBEN
»Weserkurier, bitte.«
»Sechzig Pfennig.«
Franco im Sterben. »Caudillo … Franco … 40 Jahre faschistische Diktatur … Spaniens Zukunft …« Vierzig Jahre Diktatur. Was dann? Neuer Bürgerkrieg in Spanien? Man prophezeit ihn! Kommt jetzt Bürgerkrieg? Vor zwölf geht ein Zug nach Paris! Eine Telefonzelle! Ah, hier sind zwanzig Pfennig.
»11 Uhr 53 ab Bremen – Paris, Gare du Nord. Von dort können Sie dann den Puerta del Sol nach Madrid nehmen…«, »Dan…«, »Über Cerbères und Irun«, »Danke, Fräulein.« Puerta del Sol – Tor zur Sonne!

2

Sogar ein Fensterplatz ist noch frei.
Josef habe ich abtelefoniert – ja, das war das wichtigste. Daß ich nach Spanien fahre, hat er nicht geglaubt. Aber ich fahre.
»Was für eine Idee, Stephan.«
»Und die Ausführung erst, Josef. Adios.«
Der Zug nach Paris.
Fährt er schon?
Nein, der nebenan – ein Triebwagen nach Delmenhorst! Viel Vergnügen. Drei Kreuze, daß ich nicht in dem sitze. Der fährt dorthin, wo 45 die letzte Erregung stattfand. Stimmt nicht, ich vergesse immer wieder die Fußball-Länderspiele.
»Entschuldigen Sie, darf ich bitte Ihre Koffer auf die andere Seite stellen. Wissen Sie, so eine Kameraausrüstung ist äußerst stoßempfindlich.«
»Ja klar. Sag mal, hast du zufällig Feuer?«
»Ja klar, hab' ich.«
»Besten Dank.«
»Dafür nicht.«
Nach Spanien! Das ist der Schnellzug in Richtung Spanien! Der Augenblick zum Olé-Sagen. O gnadenreicher Gott, Delmenhorst.
»Olé.«
Hinter den Pyrenäen liegen vierzig Jahre Diktatur auf dem Sterbebett. Vierzig Jahre unterdrückte Freiheit lauern auf den Knall. In ein paar Tagen, vielleicht in ein paar Stunden wird Spanien explodieren. Sie haben ein Königreich geplant. 1975! Die brisanten Vortage sind dies, jetzt. Das ist der Schnellzug mitten hinein. Er fährt. Ich fahre mit. Vielleicht wird es auch unblutig ablaufen. Nun ja. Einfangen muß ich das. Was man dort schildern kann: die alte, verrottete Brutalität und über vier Dekaden lang genährte Hoffnung. Der Film wird heiß, er wird konkret. Es wird

ein guter Film. Eine Fahrkarte ins Eklatante. Und die Arbeit wird schlicht. Es geht um Gut und Böse. Beides mit Händen greifbar. Was passiert jetzt wohl schon in Madrid?
Barrikaden in der Altstadt? Karabiner und Sektflaschen haben sie unter den Betten versteckt. Alles griffbereit. Noch immer Oldenburger Weideland. Kühe links, Kühe rechts. Ein Schnellzug soll das sein! Faschismus und das Neue – dem Himmel sei Dank; das ist ein Aufprall – es wird mein saubérster Film. Man braucht nur einfach menschlich zu denken, und die Sache wird gerecht, hat Hand und Fuß. Dynamisch kann man über die alte Zensur, die kommende Pressefreiheit sprechen. So ewig dauert das Oldenburgische?
Und Spanien überhaupt: die Sonne, romanisches Land. Luft! Der böse Gnom Franco ist im Erlöschen.
Die Hitze in Madrid.
Endlich, die erste Grenze. Wenigstens schon Belgien, wenigstens anderes Leben. Auf den Bahnhöfen wenigstens schon Leute, über die man sich ein bißchen wundern kann. »On s'en va … à Louvain.« Wallonische Nasallaute heben meine Laune. – Ich habe die Tapeten gewechselt.
Und hier, voilà, das bereits exzentrischere Frankreich mit seinem unverwüsteten Glauben an sich selbst. Jeumont.
Saint Quentin. Bei Wind vom Ärmelkanal weht hier die Brise, in der dann die Pariser Betten gelüftet werden. Ich schätze, drei Millionen davon sind mir noch unbekannt wie der Mond. Aber wer weiß … es könnte sich fügen, oder aber auch nicht.
Paris! Parigi! Endlich die aufregenden Gesichter der Hauptstädter. »La Capitale«.
Die Metro. Ich kann mich sogar in ihren Namen hineinsetzen, ihr Rattern, ihren Geruch hat man auch in der Ferne in sich. Sie lieben hier problemlos genug, um trotz ihrer Mahlzeiten nichts anzusetzen. Wenn ich mir etwas nicht antasten lasse, dann ist es mein Paris. Ein Meer von Klischees, das über die Dächer schwappt. Wellen, in denen man schwimmen darf. Die Pariser

haben sich mit ihrem Bild verheiratet. Ein günstiges Klischee: alles hat hier Raum; jede Illusion darf Fleisch werden. Nur noch germanophile Snobs von der Seine sind mit Delmenhorst vertraut. Was mache ich aus Delmenhorst für eine Hölle? – Ungerechter, blinder Mensch. Du könntest dort völlig ausgefüllt leben. Du willst nicht? Du bist verwöhnt! Aber das solltest du dir nicht vorwerfen. Sei ein Lebemann, heute, laß dich verlocken.

Und hier, mein Entbindungsmoment: Notre-Dame – man sieht die Kathedrale kurz, wenn die Metro über eine Seinebrücke fährt. Das charmanteste Gotteshaus. Seinen Baumeistern lagen die Spitzenmanschetten ihrer Damen auf der Bauzeichnung.

Ja, geplagtes Deutschland. Geteilt, kriegsschuldig bis ins fünfte Glied, ohne Esprit der ewigen Selbstbestätigung ausgesetzt. Qualitätsfabrik zwischen Biedermeier und Größenwahn. Original, nicht sehr originell. Eine Wurstfläche, wo der Sozialismus so spießig ist wie der liberalere Reichtum penetrant. Wenn es wenigstens genug Selbstironie gäbe, um den Eigenarten des deutschen Wesens aus der Distanz seine Reize abzugewinnen. Reize sind ja da in Hülle und Fülle – aber es wird alles zu dumpfer Haupt- und Staatsaktion. Es ist 500 Kilometer entfernt. Bürokratische Wanne, in der noch nie etwas Abschließendes gesagt wurde. Keine Hauptstadt ist gelungen. Wie soll man darin einen exakten Charakter schaffen? Frankreich, Spanien, die ihre klare Mystiker- und ihre klare Pragmatiker-Partei haben. Kloster oder Boulevard. Gretchen finden sie nur traurig. Die Traditionskette ist gespannt. Präzise fügt man Glieder an.

Spanien nimmt die Revolution seiner Gesellschaft in die Hand. Die Spanier stürmen vielleicht heute nacht zum Kämpfen auf die Strasse. In der Weimarer Republik hatten wir diesen Aufruhr.

Der Austerlitz-Bahnhof. Kein Eisenbahnerstreik. Also, in den Puerta del Sol.

Ich war für die Umformung dieser aberwitzigen Energiekonzepte engagiert?

Kopfweh hat es verursacht.
Ich muss mich schlafen legen.
Morgen wird es in Kastilien heißer werden. Gegen Mittag Madrid.
Das war schon Orléans?
Der designierte Juan Carlos jetzt schlaflos im Palacio Real bis zur Stunde Null, wenn sie Francos Herz nicht mehr schlagen hören. Es ist Epochenwechsel. Und einen Neubeginn, den braucht Spanien so dringend wie ich. Beide leben wir in einem verbrauchten Terrorregime. Mein Film kann Elan in den Norden transportieren. Wenn er aus einem Guß würde, einem Guß aus vehementer Frische. Ein farbiges Bilderbuch aus unvergrübelten Verhältnissen. Einfach ein Plakat, Zeugnis von Temperament und Umbruch!
Wenn ich damit niemanden aufmuntern kann, so sollen sie sich wenigstens schämen, oder sie sollen schockiert sein.

3

Ist nicht noch Nacht? Die reden ja hemmungslos. Es kann doch höchstens fünf Uhr früh sein.
In Bordeaux müssen sie zugestiegen sein. Belgischer Akzent. Emigranten? Ein Haus haben sie sich in Andalusien gekauft. Juliette heißt sie.
Sie redet, als habe sie den Kaufvertrag für das Paradies im Koffer. Feigen will sie ernten. Blumen züchten, bei kleinen praktischen Handgriffen ihre verkrampfte Seele entspannen, die Wolle selbst scheren, spinnen, im Winter stricken. Emigration in ein andalu-

sisches Bergnest, wo das Moralische unter Umständen noch immer durch Familienehre und Dorfehre definiert ist.
Diese Juliette ist reizend. Mit ihrem Michel will sie eine abgeschiedene und ruhige Ehe führen. Sie hat jetzt schon zweimal »Mon amour« gesagt. Ihre Lehrbücher über autogenes Training will sie im Guadalquivir entsorgen, Schiffchen daraus falten. Sie ist eine Schwärmerin.
»L'Espagne est pure«, sagt sie.
Leute auf dem Weg zur Waschkabine. Es ist also Morgen. Draußen muß Aragon oder Kastilien sein. Die Felsmassive der Katholischen Könige. 700 Jahre verbrachten sie damit, ihre Iberische Halbinsel von den Moslems zu reinigen. Das keusche Morden an Mauren, Juden und Irrdenkern. 700 Jahre Reconquista, damit der Christengott deutlich werde.
Den Tag solle er hereinlassen, sagt Juliette.
Wie er die Plastikjalousie hinaufschiebt. Er macht eine Offenbarung daraus. Ich reise nur. Sie sind weiter als ich.
Das ist Spanien! Das einmalige Licht! Die Welt in Sand und in Azur geteilt. Die Bergrücken wie eine Säge am Rand der Ebene. Nicht ein einziger Acker. Nirgendwo ein Stück Vieh. Nicht einmal ein Tümpel.
»Enfin.« Juliette, Michel und ich, wir sehen wohl aus wie drei Neugeborene.
»Das Wollefärben krieg' ich hin ... Wir werden Knoblauch essen, Michel. Und küssen werden wir uns dann. – Eine Ziege möchte ich. Doch erst einmal das Dach. Leg den Arm um mich. Noch zehn Stunden.«
Ich will den beiden sehr viel Glück wünschen.
»Wir wollen es schaffen, ohne Dusche zu sein.«
Sind sie also weiter oder naiver als ich?
Sie sind entschlossener.
Hoffentlich werdet ihr nicht, ein, zwei Jahre später, in Brüssel, mit gar nichts mehr glücklich sein.

»Ein großes Bett kaufen wir im Frühjahr.«
»Vielleicht. Das alte knarrt nicht und federt mit.«
Schnell, weg, sie sind defätistisch – ich geh' mich frischmachen.

Es soll einen Speisewagen geben.
Der Speisewagen – Plüschsessel. Das ist ja 1905. Das ist ungeheuerlich. Die Lampen hat der junge Picasso schon gesehen.
Da hinten ist noch ein Purpur-Fauteuil frei. Ich setze mich in die Vergangenheit. Wie weich die Polster sind, mit Fransen. Ich will eine halbe Stunde lang frühstücken. Nein, anderthalb vielleicht sogar.
Reiten draußen mittlerweile Don Quichotte und Sancho vorbei?
Nicht einmal eine Straße, irgendwo.
Ob über ihr kaputtes Dach in Andalusien wohl der Wein rankt?
Mittags werden sie im Baumschatten liegen. Sie machen sich ihr Leben menschlich.
Der rote Plüsch hat tiefe Mulden. Vielleicht müssen Juliette und Michel sich unter einer Pumpe duschen. Dazu muß man zu zweit sein.
Ein ›Agip-Gas‹-Plakat, auf Stelzen, wie eine Hauswand in Nichts.
Don Quichotte trabt noch nicht auf Rosinante vorüber. Juliette und Michel fliehen. Wenn sie ihr Gedicht nur sanft und behutsam genug absichern. Sie müssen entschlossen bleiben.
Was dann auch immer geschieht – es hängt wenigstens vom eigenen Willen ab. Es bleibt ihr gewollter Lebenslauf.
Ich will niemals daran denken, daß sie umkehren. Wir sehen uns nicht wieder – euer Glück wird mir nie widerlegt werden können.
Jetzt müssen wir doch bald in Madrid sein. Nichts als Krüppelkiefern, Steine, graue Steine. Es müßte allmählich etwas Oasenhaftes kommen, wenn sich hier eine Millionenstadt befinden soll.
Äcker, Viehzeug – nein, nichts!
Ich muss die Koffer holen.
»Madrid, Juliette, Madrid!«
Das Fenster muß für drei reichen.

4

Das Hotelzimmer ist nach drei Zigaretten vollgequalmt. Das Fenster darf ich nicht öffnen. Selbst nach zehn Uhr abends käme nur Hitze herein. Ich kann noch nicht schlafen.
Sind es 2000, 1500 Kilometer von Bremen? Westeuropa liegt dazwischen. Fremde. Vier Millionen um mich herum sprechen Spanisch – und sie denken spanisch. Ich sitze über einem leeren Konzeptblatt.
Der Film soll darauf seinen Plan bekommen. Heute früh, Michel hat laut »Madrid« gerufen. Wir sind zu dritt aufgesprungen. Ich habe mich zwischen Juliette und ihren Mann gedrängelt. Um den Zug war Steppe, und am Horizont stand ein kubisches Kastell. Eine abgezirkelte Dunstglocke hing über dem kantigen Haufen, über rotbraunen Türmen. Plötzlich war schon eine Kaserne da, oder eine Schule. ›Todo por la Patria‹ war groß übers Portal gemeißelt. Kurz danach der Bahnhof Chamartin. Nichts Grünes, keine Vorstadt, abrupt war die Metropole Spaniens um mich.
Die Jacke konnte ich nur noch in den Koffer packen. 30 Grad müssen es gewesen sein.
Ich bat einen Taxifahrer, mich in ein Hotel in der Altstadt zu fahren. Ich sagte: »Ciudad antiqua«.
Mein Bild von Madrid traf nach Sekunden nicht mehr zu. Wieso hatte ich es mir ›italienischer‹ vorgestellt? Wie Neapel, ein wenig brüchig, dunkel, eng und dunstig warm.
Die Straßen, durch die ich gefahren wurde: Avenuen. Das Ende von Alleen sieht man nicht. Ich hatte mir alles krummer gedacht. Die Madrider tragen im Oktober Sommerkleidung. Leichte Baumwollstoffe mit frischen Farben. Das flotte Gehtempo der Madrileños.
Kennen sie die Haltung, in sich verschränkt zu gehen? In Bremen sind seit zwei Wochen die Schuhe und Parkas naß.

Die Fassaden, eine monumentaler als die andere, präsentieren sich kilometerlang.
Nirgendwo war Wäsche über die Straße gespannt.
Hamburg, das ist ja eine schmierige Kaschemme dagegen.
Nichts Niedliches war zu sehen. Rechter Hand lag plötzlich der Palacio Real da: ein paar hundert Meter strikte Autorität aus monotonen Säulen und blendendem Weiß.
Die Schloßkapelle, nein, das Gotteshaus der Katholischen Majestäten dem Palast gegenüber. Der ganze Block ist ein paar Meter neben einen Felsabsturz hingestellt, wo unten Kastiliens Steppe beginnt.
Ein fanatischer Gedanke, diese Stadt gewollt zu haben: zwei Diagonalen einst durch das Reich gezeichnet, und dann im Schnittpunkt die Herrscherstadt. Sollen die Menschen doch in die Wüste – es ist königlicher Wille, göttliche Lenkung. Und da steht die brachiale Zentralgewalt mit den endlosen Fenstergalerien der Ministerien. Pure Willkür, da wo der Boden am dürftigsten ist, die Hauptstadt zu bauen. Segen wird hier etwas anderes meinen als Üppigkeit.
Diese Stadt, ein Desinteresse am Humanen! Gibt es im Spanischen ein Wort für »Gemütlichkeit«?
Auf Häuserwände waren Dutzende von Corrida-Plakaten geklebt: grell, dicke, schwarze Schrift, ein schlanker, gebogener Torero mit Mantilla und Degen in der Hand, der zum Stoß niederfährt.
Diese Haltung diskriminiert ein ganzes gütliches Rentensystem.
Die Luft des Hotelzimmers war beim Eintreten erfrischend kühl gewesen. Die hölzernen Fensterläden waren zugezogen. Es gab keine Daunendecke. Nur ein weißes Damastlaken, in das eine leichte Wolldecke eingeschlagen war. Man könnte sich niemals in einem solchen Bett verkriechen.
Ich legte mich hin. Das Gehirn und alles war ruhig.
Die Frage: was ist ein Spanier? kam nach ein paar Augenblicken, in denen nichts gewesen war.

Ich hörte fremdartig bekannte Töne. Daß Spanien so ›spanisch‹ wäre, kam mir suspekt vor. Flamenco in Madrid? Die Musik wird aus einem Touristenlokal kommen, dachte ich: für die Japaner, die zufällig Zeugen von Francos Ende würden. Damit war die Folklore als geschäftsmäßig entschlüsselt. Ich horchte. Eine Schallplatte konnte es nicht sein. Kurze Wortwechsel unterbrachen die Musik. Von gegenüber mußte es kommen, oder aus einem Nebenzimmer?

»Sevilla te … traigo un beso«. Ich sah die Sängerin. Sie hatte das gleiche Gesicht wie der Junge. Sein Bauch war nackt. Eine braune Haut. Es mußten Geschwister sein. Mein Gott, war das Mädchen schön. Er nickte ihr zu. Sie sang wieder. Das Lied war sie selbst, von den Fersen bis in die Wimpern. In einem langen, hellen Kleid sang sie hinter einem der Balkongitter, die rundum mit Töpfen voller roter und violetter Geranien behängt waren.

Vielleicht ist ihr Lied tausend Jahre alt. Es hat noch die gebrochenen Töne der maurischen Muezzine … Es drückt Instinkte aus, heftige, die ich mir sonst ins Mittelalter denke. Sie sang von der Sonne über Andalusien. Es waren aber keine Klänge von Fröhlichkeit darin. Süden, sicherlich bedeutet das hier nichts Heiteres. Sie machte Schritte. So begann der Tanz. In den Augen war das Exaltierte, in der Bewegung das Beherrschte. Was für Kräfte stießen aufeinander? Leidenschaft und Haltung? – so pauschal wird man es nicht sagen können. Kulte, Rassen trafen aufeinander, in eben diesem Klatschen der Hände, und die Hacken hinter dem Saum des Leinenrocks schlugen den Takt auf die glasierten Balkonfliesen. Das Wort ›schön‹ war für den Anblick nicht brauchbar. Die Hand des Jungen auf der Gitarre wurde hysterisch. Das war kein Musizieren auf einer Gitarre, das Instrument wuchs aus seinen Nerven. Der Rhythmus setzte ein paar Jahrhunderte früher ein. Aber Sekunden waren es, in denen der Mensch mir zum Mythos wurde, so daß ich mich nur hinsetzen konnte, um zuzusehen. Einige Sekunden – und von mir selbst hatte ich kein prä-

ziseres Bewußtsein mehr als jenes, wahrzunehmen. Momente – über einer engen Straße – in welchen ich aus jeglicher Aktualität gefallen bin, von Faszination der höchste Grad, ich war unfähig, bestimmt zu sein.
Sie drüben bemerkten mich im Fensterrahmen. Aber sie hatten ihre Angelegenheit zu tun, oder zu üben.
So einen Kopf, wie das brüderliche Ebenbild, mußte ein junger spanischer Capitano gehabt haben, der die Holländischen Händler vor Zeiten ins Salzwasser gejagt hatte. Was ist das Leid im Flamenco? Heißt er gesungen, mit Versen, Sevillana?
Ich hatte spanische Zeitungen kaufen wollen, um die neuesten Meldungen zu sondieren. Lebte der Caudillo überhaupt noch? Sie sang ein Lied, das gewiß bekannt war, als die Armada unterging und die Holländer ihre Deiche öffneten und die Spanier ersäuften. Franco ist nur ein Punkt. Morgen ist er ausradiert, vielleicht auch erst nächste Woche. Ein Taktstrich wird er gewesen sein.
Und mein Projekt?
Ich nahm mir vor, die Zeitungen erst morgen zu besorgen. Ich ging hinaus.
Ich entdeckte den großen Park El Retiro. Aus den Röhren pompöser Brunnen rieselte es spärlich.
Als ich im Reiseführer gelesen hatte, daß man Kastilien, zu deutsch: Burgenland, das Preußen Spaniens nennt, mußte ich laut lachen. Als ich anfing, die Bedeutung dieser Bemerkung zu entziffern, fühlte ich mich nicht mehr wohl. Wie setzt man denn Preußen und Kastilien in eine stimmige Verbindung? Und wozu das? Sie sollten sich in einem Reiseführer vor solchen scheinbaren Entschlüsselungen hüten. Sie sind verlogene Bequemlichkeiten. So einfach läßt sich das nicht vergleichen. Ich wunderte mich über die plumpe Leichtfertigkeit der Verfasser. Fakten sollen sie mir geben, keine immer nur billigen Ordnungsversuche vollführen. Vielleicht hunderttausend Touristen haben diesen Reiseführer gekauft. Hunderttausendfach wird zu dieser Simplifizierung

genickt, und vielleicht werden schließlich ebensooft noch ganz andere Dinge von Lesern über einen Kamm geschoren.
Mir fiel danach dauernd ›Preußen‹ ein, was es in der Geschichte und für meine Mentalität bedeutet. Geschichte ist aber so bodenlos. Ich konnte auf keine meiner Hypothesen schwören.
Ich habe im Retiro-Park ein Boot gemietet und bin gerudert. Da war ich plötzlich wunschlos. Unerwartet waren da Momente für sich, die nur die Sonne, die nur meine Ruderbewegung in ihre Kreise aufnahmen. Ich genoss die Luft und freute mich an den Blättern, die von den herabhängenden Ästen über mein Gesicht streiften. Die Hand durchs Wasser ziehen lassen. »Süßes Leben« sagen. Ich genoß den Gedanken, daß es nicht unmöglich ist, auf einem fernen Stern eine zuständige Fee zu besitzen. Sie schaute zu, wie ich mich plage, sie organisiert das System der Fallstricke – oh, wunderbarer Gedanke, unter solcher Aufsicht zu stehen. Geradezu in ihr Gesicht sagte ich: ich bin in Spanien und letzten Endes: muchas gracias. Kurz verlor ich mich in die Vorstellung einer großen Dame, die, auf einem gleißenden Sternrand sitzend, mir mit dunklen Augen auf die Lippen schaut. Ich gab ihr im Geiste Fächer und Gitarre in die Hand.
Der Bootsverleiher rief mich zum Ufer zurück.
Aus Beschäftigungszwang habe ich später im Reiseführer weitergeblättert: Das 19. Jahrhundert war nur Bürgerkrieg gewesen. Davor Krieg in Südamerika, gegen Napoleon Krieg. Krieg gegen Richelieu bis vor Paris. Dann hatten sie Krieg in Holland, Krieg in ganz Italien, gegen Elisabeth von England. Mein Hotel steht inmitten eines Schlachthauses. Ich bin fasziniert. Ich habe gar keine Lust, die übliche Art von Hoffnung für dieses Land hervorzukehren. Ich weiß nicht, was im Moment hier schlummert.
Die Mädchen und jungen Frauen in El Retiro, auf der Plaza Mayor haben mich bloßgestellt. Sie haben ihr Tempo nicht verändert.
Sie sind vorbeigegangen. Sie reagieren nicht auf meine Annähe-

rungsblicke. Das Wort »Lustmolch« haben sie in mir geweckt. »Molch«, sowas benennt lasche Gier. Nicht ich bin es, sie sind es, die fein sind.
Ich habe kein Fleisch gegessen. Den ganzen Tag lang nur zwei Pfirsiche. Ich habe mir die Haare schneiden lassen. Sie sind jetzt akkurat.
Die spanischen Männer sind straff, selbst die korpulenten sind straff. Ich habe den Eindruck, daß sie sich in echte Freunde und echte Feinde scheiden. Inwieweit ich da voreingenommen bin, weiß ich nicht. Ich kann nicht umhin, die jungen Spanier manchmal mit Jungstieren zu vergleichen. Man hat doch diese Bilder. Ich spüre einen Neid auf sie. Sind sie mit anderen Dingen zufrieden? Meiner Selbstbehauptung wegen habe ich ihnen mein Raffinement entgegengesetzt, habe in einem Café französischen Cognac bestellt, das Feuilleton der FAZ studiert, über Ingmar Bergman reflektiert und an die nonkonforme Freischütz-Aufführung zurückgedacht, die ich vergangene Woche in Hannover gesehen hatte. Das »Leise, leise, fromme Weise« hatte die Agathe in einem Spiegellabyrinth gesungen, ein Waschbrett in der Hand. Die Jäger waren als Wehrmachtsoffiziere kostümiert gewesen.
Das unnachahmliche Deutschland. Zehn Minuten lang war ich mehr in Hannover als auf der Alcalá.
Aber dann standen in der U-Bahn Menschen neben mir, leicht, duftig gekleidet, manchmal mit olivfarbenem Teint. Deutschland! Ich denke an Zersiedelung, glatte Klinkerbauten, in denen quer durch die Weihnacht gemampft wird und der Eigenheimbau als Vollendung der Erdentage gilt – schon gar, wenn der Partykeller moosgrün gefliest, der Stubenschrank altdeutsch und mit Zinnbechern gefüllt ist. Ich denke an Bier, das zum Randalieren und Blöken stimuliert. Ja, wir haben andere Leitbilder: Goethe in Italien, Griechenland und Hölderlin, Kleist und Penthesilea, einen pathologischen Wagner und die trüben Nibelungen, unsern subtilen Tod in Venedig.

Wenn Sehnsucht gemeint war, dann war es Klarheit, Süden war es. Ihr Nordisches ist nur diese suspekte Sehnsucht. Eine Arroganz wäre formulierbar: Wir, die Romantiker! Ich sehe es nicht ein: die Sehnsucht ist bedauernswerter als die Erfüllung. Man lebt nur einmal. Juliette und Michel haben den konsequenten Schritt getan. Auf ihrer Veranda haben sie nun die stille Sierra Nevada vor Augen, in ihrem Rücken das Mittelmeer. Ihren gordischen Knoten haben sie durchgehauen und Brüssel den Tribut an Ärger über Mieten, Krach und giftige Luft entzogen. Ich werde es auch für mich überlegen.

Mein Film! Über ihn muß ich jetzt nachdenken. Den Süden will ich deutlich machen: Gesichter, gefangen im Flamenco, da Gesichter der Guardia Civil dazwischengeschnitten? Welche Idee hatte ich doch noch, Demokratie plus Verfassungsgericht in drei verzwickten Instanzen! Damit es den spanischen Seelen gut gehe! Ich werde Passanten über die Untergrundparteien befragen. Der versteckte Pluralismus paßt in einen Vorspann.

Der Film muß die Hoffnungen der Spanier enthüllen. Ich teile erst einmal seine Sequenzen auf. Historisches Material aus dem Bürgerkrieg. Man muß erfahren, wie die jetzige Generation sich entwickelt hat. Die Bedeutung der Kirche darf ich nie außer acht lassen. Sowjetische Einflüsse – gibt es doch in jedem politischen Konflikt! Meine Güte, wie bringt man das in eine unaufdringliche Logik, was hier alles wichtig ist? Ja, diese junge Königsgestalt Juan Carlos muß auch beleuchtet werden. Nur das Umfassende kann der Arbeit einen Sinn geben. Ich selbst darf von keiner Auslassung etwas wissen.

An den Mauern hingen Dutzende von Corrida-Plakaten. Grell, dicke, schwarze Schrift, ein schlanker, gebogener Torero mit Mantilla und Degen. War sein Kostüm blau?

Vorgestern habe ich meine Nachbarin angezeigt. Sie hat ihren Hund auf dem Gang mit dem Schirm verdroschen. Entnervendes Gezeter.

Mein Gott, war das Mädchen schön. »… te traigo un beso«. Sie war nicht fröhlich. Seine Hand auf den Saiten war hysterisch.
Ich hätte das Drehbuch in Bremen konzipieren sollen. Die Separatistenprobleme, Basken, Katalonier, die gehören mit hinein … und der Stier verreckt im Sägemehl der Arena. Faszinierend, die jungen Männer sehen manchmal wie Stiere aus. Stiere und demokratische Verfassung. Dieser Tag! Er belästigt mich. Wieso bin ich konzeptlos in die Mitte aufgebrochen? Was stimmt denn hier? Wenigstens, was stimmt denn hier am meisten? Ein Gewirr kann ich nicht mit nach Hause bringen. Wenn es ein Stummfilm sein könnte, kommentarlose Impressionen. Wie glücklich sind sie denn hier, unter Franco? Die Flamenco-Geschwister. Was ist für sie von Nutzen? Wie soll ich mir denn erklären, was ich heute sehe. Morgen erst werde ich es einordnen können. Übermorgen noch besser. Aber vielleicht ist das Mosaikstück dann vergessen. Vierzig Jahre später taucht es plötzlich wieder auf.
Ich lasse die Flamenco-Geschwister weg. Sie sollen vergessen sein. Ich brauche ein Konzept und kein Karussell. Ich muß verallgemeinern. Es ist unumgänglich, eine Ordnung zu erlügen, oder ich kann meinen Beruf an den Nagel hängen. Die Zuschauer verlangen ein System, ich will ein System. Es ist unumgänglich, die närrischen Sekundenempfindungen zu einer Tagestendenz hinzubiegen.
Die Idee! Als Filmstruktur eine umgestülpte Pyramide:

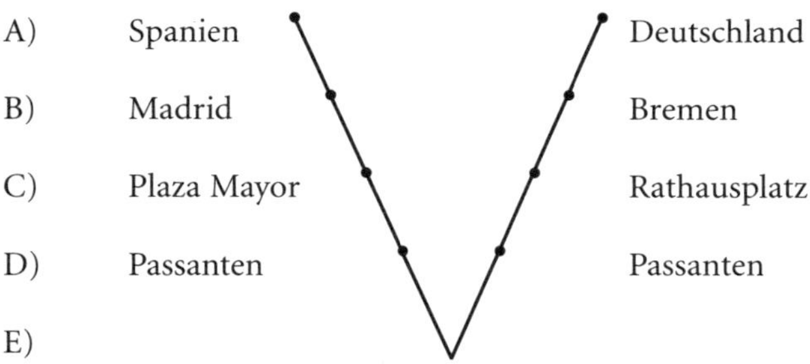

Das ist noch das Beste. Ich filme hier und setze den deutschen Kontrastkommentar unter die Bilder. Voilà, das ist erträglich umfassend:

A) Aufführung historischer, wirtschaftlicher, landschaftlicher Fakten etc.

B) Aussagen über die beiden Städte. Die divergierenden Lebensgewohnheiten, Architektur etc.

C) Beobachtung des Lebens auf den beiden Plätzen: Plaza Mayor/Bremer Rathausplatz.

D) Jeweils sechs oder sieben Passanten zum Interview herausfischen.

Dann habe ich ... habe ich – zwei fremde Welten, eine ehrlicher als die andere. Das ist keine Pyramide, das ist ein Trichter. Mitsamt einer abschließenden Wahrheit rutsche ich unten hindurch. Meine fehlende Bereitschaft zum Fragment – das ist die ganze Quälerei. Nein, keinerlei System! Ich filme, was so kommt und geht. Kein Kommentar dazu. Oder ich benenne einfach nur die Objekte: ›ein Stier‹, ›eine Kirche‹, ›ein Kaufhaus‹ – soll jeder sehen, was er daraus macht. Ich kann nur einige Ungewißheiten anführen, nicht einmal sehr viele. Eine Musik dazu, ja, Bach vielleicht. Sie ist keine illusionierende Untermalung und läßt Raum für Bilder von der Inquisition bis zur Wahl des Bundespräsidenten, ohne dabei einseitige Emotionen zu wecken. Eine offene Musik. Ich bin dann schuldlos, an letzten Bewertungen. Erkenntnis mache modern, heißt es, ich erkenne nichts. Die Pyramide ist ein Trichter, mit einem großen Loch im Boden. Dieses Loch ist meiner Weisheit letzter Schluß. Endlich, es ist mir endlich egal, ob Michel und Juliette am Guadalquivir kampieren oder in Brüssel wohnen. Gute Fahrt, rufe ich hinterher, macht 's Beste draus. Sucht euch die Objekte aus, die euch angenehm sind.

angenehm	–	unangenehm
nützlich	–	nutzlos
schön	–	häßlich

Keine anderen Kategorien sollen in meinem Drehbuch vorkommen. Sie bezeichnen schon meine allerwaghalsigste Subjektivität. Nichts von ›gut und böse‹, ›menschlich – unmenschlich‹, ›Glück und Unglück‹, ›rein und unrein‹ – ich lasse mich in dieser Schwarz-Weiß-Malerei nicht vereinfachen. Ich will Zwischentöne haben. Der Film soll Assoziation und Impression sein, soll ganz frei sein, muß frei sein, hat nämlich keinen Halt. Eine Kamera, die spaziert.

Das ist meine Moral. Ich bin zufrieden. Was bleibt sonst noch als Weltbegegnung: Die Wissenschaft natürlich, das Klischee, die Abschottung. Die Sehnsucht nach gestern, nach morgen. Es ist Zeit, sich gehenzulassen. Es ist nun einmal so: das Leben enthüllt sich der Länge nach hinter einem Reißverschluß aus Zufälligkeiten. Das wird mein Film – das Leben, punktuell belichtet.

Ein Menschheitsdrama sehe ich nicht. Ich sehe nichts als Anekdoten, kein zusammenhängendes Stück mit Peripetie und Katharsis. Das Personal wechselt, Charaktere fallen aus. Der große Baal und Isis verschwanden in der Versenkung, unser Herr Jesus verwandelt sich zum Blumenkind aus San Francisco, die Kollegen Marx-Engels verstauben in Politbüros, Doktor Goebbels hat seine Tanznummer gehabt. Wie sollte es zu einem Drama kommen, da die Komparsen wohl ganz ohne Regisseur sind. Notdürftig werden die gerade akuten Bruchstücke an die ehemals akuten angekleistert. Gewünschtes kann man sich von früher holen: Prometheus in den Führerbunker, den kleinasiatischen Dionysos in die Drogenszene von Salt Lake City. Man kann sich immer auf etwas berufen. Jeder findet, was ihm schmeckt. Über alles sind wir informiert. Es ist bemerkenswert zu sehen, wie sich Josef mit Monteverdi-Musik zu Drehbüchern inspirieren lässt und Gerda sich in der Badewanne mit Dada-Lyrik entspannt. Sabine schwört auf die letzte Wahrheit – bei ihr ist es Kubismus. Herr und Frau Beigel von gegenüber glauben, daß sie pünktlich essen müssen. Was ist überzeugender? Der Papst oder die UNO.

Das ist Vielfalt. Bei den Griechen wäre sie sicher unter die Rubrik ›Chaos‹ gefallen. ›Abendland‹ – es sollte sich schon dem Namen nach nicht so sehr vom Dschungel absetzen.
Von den Labortischen hat man sich wie eine Rakete aus dem Haus geschossen und prasselt in hektische Monaden zerlegt ins Verwaiste zurück.
Ich schwatze, wie ein Verzweifelter. Der Eindruck täuscht. Ich lebe, aber genaueres Wissen darüber ist weggeschlossen. Nicht einmal Unwohlsein dürfte ich vorschieben. Nur einiges Fragestellen bleibt existent.
Vielleicht werde ich nach Spanien ziehen, hier gefällt es mir. Schon dieses Hotelzimmer ist angenehm kahl, die Landschaften, die ich gesehen habe, sind karg und sind still. Nicht einmal die Spinnenbeine von Überlandleitungen habe ich gesehen, keine ausgeschilderten Wanderwege und gepflegte Müllkübel, die man bei uns demnächst wohl noch im Wattenmeer aufstellen wird. Im Radio sagten sie gerade, daß Schweden in Schneeverwehungen versinke. Schöner, frischer Schnee.
Der Film ist meine intime Selbsterläuterung. Warum ich ihn mache? Noch darf ich es niemandem sagen – denn Ideal-Suche und gezielte Verneinung grassieren noch – ich mache ihn aus einer Mischung von Mitteilungs- und Anerkennungsbedürfnis und der Hoffnung, durch den Verkauf meine Miete bezahlen zu können. Das ist mein Sendungsbewußtsein anno 1975. Wer mehr bietet, der erlügt das Gestern, flunkert über das Morgen. Mir mangelt es an schöner Utopie und an der Lust, alles mit der Patina von Elend zu überziehen.
Jensberg, der linke Ideologe, wird das Werk zerfetzen, Thom-Villay vom ›Kurier‹ ebenfalls. Nihilismus-Anklage, die Kritiken zum ›Spanien im Oktober‹ sehe ich schon vor mir.
»Ich biete die Freiheit, meine Herren Kritiker«, werde ich antworten. »Ich habe keine Zerstörungsintentionen. Ich biete Ihnen etwas Kostbares: ein Atemholen, und glauben Sie mir, ich habe

Spanien genossen. Bei aller Sinnlosigkeit war es beeindruckend. Sie können schöne Bilder sehen. Ich unterschlage nicht die MPs der Polizeipatrouillen.
Den Sinn der Schöpfung kann ich Ihnen nicht erläutern …
Ich bin nüchtern und wohlauf. Rechnen Sie den Film zu … ›Aspektekunst‹ – dann haben Sie ein Etikett und werden noch berühmter werden.«
»Die Welt anblicken, das können wir allein. Wir brauchen dazu Ihren Film nicht: ohne Chronologie, ohne irgendein Motiv. Die Idee, daß Sie keine haben, sollten Sie für sich behalten. Es gibt genug zu verneinen, einiges zu loben.«
Ich sehe es schwarz auf weiß.
»Lieber Herr Thom-Villay, das eben können Sie nicht: die Welt anblicken! Sie wären sonst bei Ihrer konservativen Zeitung nicht immer konservativer geworden. Ich meinerseits kann mich für keine Logik verantwortlich fühlen. Der Stierkampf hat sein Wesen aus Ästhetik und Brutalität, ganz speziell. Ich war fasziniert. Ich trete deswegen nicht aus dem Bremer Tierschutzverein aus. Bringen Sie einen Matador mit einem Tierheim in eine Logik. Immerhin doch zeitlich parallel und auf einem Kontinent. Die Welt ist verfänglich. Ich schrecke zurück, ich stelle dar – so durcheinander es überhaupt nur geht. Wir sind Interaktion zwischen jedem Welt- und Zeitpunkt. Ich bin ein zufälliges Medium in einigen Zufällen.«
»Lassen Sie sich sagen, Weiss, das Kleine und Konkrete will aufrichtig bewältigt werden.«
»Rührend, Herr Villay. Möge Ihnen der klare Zusammenhang gewahrt bleiben, damit Sie ein standfester Kritiker bleiben. Nur lassen Sie Ihre Finger von meinem erregend bodenlosen Terrain.«
Also, ich werde im Trichterloch meiner umgekehrten Pyramide meine Kamera postieren. – Morgen werde ich etwas besichtigen, irgend etwas simpel Revue passieren lassen. Entspannen. Übermorgen werde ich beim hiesigen Fernsehen vorbeischauen. Vielleicht ist dort jemand interessiert.

5

Ich bin sehr früh aufgestanden. Es war kühl genug, um mit Appetit eine Art Hörnchen zum Tee zu essen. Ich schenke mir einen Tag. Mich in nichts einfügen und von nichts zwingen lassen. Nur entspannen. Ich werde dieses alte Toledo anschauen.
Mir ist sehr wohl. Ich habe gestern nacht einen Plan gefunden – zwischen all den Perspektiven ist mir ganz leicht, gestern habe ich die Auseinandersetzung mit ihren Werten abgebrochen. Platanen in El Retiro – ich will nicht von eurer frühmorgendlichen Herrlichkeit sprechen. Ich fühle sie, ich werde euch wortlos ins Bild einfangen. Die Galerie scheckiger Stämme. Sprecht dann zu dem, der euch verstehen kann. Wir haben nur unsere eigene Zwiesprache.
Die Straßen sind leer. Durch El Retiro hindurch gehe ich zum Bahnhof Antocha. Die Nachtluft steigt noch aus den Sandwegen. Gartenarbeiter lassen mit Schläuchen frisches Wasser in die Mulden laufen, die um jeden einzelnen Alleebaum gegraben sind. Es wird mit blitzblanken Tankwagen herangefahren.
Toledo liegt ungefähr sechzig Kilometer von Madrid entfernt. Der Reiseführer hat zum Glück nicht von einem ›Spanischen Rothenburg‹ gesprochen. Nur nackte Fakten, die meine Phantasie nicht verleiten. Es wird mein Toledo sein, das ich sehen werde.
› … rund 60 000 Einwohner, Alcazar, Kathedrale des Großinquisitors, nacheinander bewohnt und erobert von Römern, Sueven, Vandalen, Westgoten, Mauren, Christen. 1391, entflammt durch die fanatischen Predigten des heiligen Vinzenz Ferrer, Massaker an der jüdischen Bevölkerung. 1936 Höhepunkt des Bürgerkrieges. Die Republikaner belagern die Stadtburg, Bastion der Faschisten, jetzt ein Heiligtum der Falange … Stadt El Grecos.‹
Ich will es ruhig genießen.
Über Aranjuez fährt ein Eilzug nach Toledo. Das Bahnfahren ist spottbillig.

Kurz hinter Madrid fährt der Zug in eine grüne Landschaft. Ich bin fast erleichtert, endlich etwas entdeckt zu haben, wovon Madrid sich ernähren kann. Bis Aranjuez wird die Vegetation üppiger. Mais, Weizen, Gemüseplantagen.

Der Zug bleibt lange in Aranjuez stehen, die Waggontüren bleiben offen. Auf einem Bahnhofsschild aus Emaille steht der Name Aranjuez. ›Don Carlos‹ kommt mir in den Sinn, als ich das Schild vielleicht schon zum zehnten Mal anschaue: »Die schönen Tage von Aranjuez sind nun vorbei ...« Ist das Zitat korrekt?

Natürlich, denke ich, hier haben sich die bourbonischen Könige, die Franzosen, ihre Rokoko-Residenz inmitten der grünen Natur errichtet. Was hätten die Damen und Herren aus Versailles mit dem nackten Granit des El Escorial-Palastes anfangen sollen, der mit dem Grundriß eines Rostes zum Märtyrer-Braten als Wohn- und Grabstätte ins Gebirge gebaut worden war, wo Philipp II. über sein Lager die apokalyptischen Visionen des Hieronymus Bosch hängen ließ und vom Kopfkissen auf den Hochaltar der Basilika blickte. Kein König hat sich konsequenter als Fronknecht für ein geistiges Prinzip empfunden. Für den einen katholischen Gott war er starr und von gewaltfähiger Moral. Das Jenseits als Belohnung für Unbeugsamkeit auf Erden. Und die Belohnung war von der Dauer der Ewigkeit.

Nicht dort im El Escorial, wo genau 144 Märtyrerschädel angehäuft sein sollen, sondern hier in Aranjuez, mit Jagdschlößchen, konnten die nachfolgenden Bourbonen unbekümmert mondän bleiben und in Lyoner Seide um die Fontänen promenieren. Hier hatten sie für ihren Gott nur noch eine schmucke Hauskapelle, und nun auch Spielraum genug, um als Macht von nur noch irdischer Dimension schließlich fragwürdig zu werden. Franzosen wirken im Ausland immer amüsanter, als sie es ahnen.

Was für ein malerisches Spektakel bietet doch die Welt, wenn man, wie ich, eine nüchterne Zugfensterscheibe zwischen sich und sie heraufgekurbelt hat, wenn man die Dinge auf sich beruhen läßt.

Ich kaufe mir eine Tüte Krabben, setze mich in mein Polster zurück, schiebe die Abteiltür zu und lasse es mir schmecken. Ich stelle kein Bedauern in mir her, vertue keine lamentierenden Gedanken daran, daß ich in einigen Tagen in Bremen wieder hastig Wurstbrot esse. So ist es nun einmal.
Ich gestehe mir meine undefinierte Weite zu.
Der Zug fährt an. Das Bilderbuch-Spanien öffnet sich wieder. Ein guter Augenblick für eine Zigarette. Hinter Aranjuez sehen die Maisfelder auf einmal versengt aus. Das dürre Gras, das sind hier Wiesen. Die Äcker sind knochentrocken. Die Rinder rupfen Stroh. Der Boden wird Sand. Vorbei der Bourbonen-Unterschlupf, la petite France von Aranjuez. Der Zug holpert in die Unwirtlichkeit hinein. Ich hätte in der Bahnhofscafeteria etwas trinken, eine Flasche Mineralwasser kaufen sollen. Man spürt die Steigerung der Hitze. Das Hemd ist nicht mehr nur unter den Achseln feucht. Der Rücken klebt am Polster, die Arme kleben auf den Seitenstützen. Die heiße Kahlheit vollendet sich. Dies war das letzte Maisfeld.
Amerikaner stehen am offenen Gangfenster. Sie stöhnen. Sie wirken wie ausgesetzt. Die Rache Spaniens für die Klimaanlagen der Vereinigten Staaten. Wenn sie auf dem Mond spazieren, geschieht es ihnen recht, daß die unwichtig gewordene Iberische Halbinsel sie traktiert. Es freut mich. Eben war die Frau noch flott im Dress. Es ist aus. Den Gürtel hat sie abgeschnallt. Das aparte Kleid hängt, wie es will.
Ihr Kühlspray scheint leer zu sein, es hilft kein Schütteln.
Unglaublich, bei dieser Temperatur, wie korrekt gekleidet die spanischen Frauen bleiben, die beiden älteren sogar in Schwarz.
In unserer Kälte wären sie die Kümmerlichen. Aber – freiwillig würde ja keine von ihnen nach Bremen kommen. Ärgerlich für mich. Sie sind eigentlich nicht vielseitig. Ihre Welt ist eng.
Ich habe noch eine Packung Zigaretten dabei. Ich probiere eine. Es sind spanische.

Der Himmel ist so blau, daß ich lächeln muß. Er entspricht ganz meiner Phantasie über dieses Land.
Im ausgetrockneten Mund ist der Rauch eigentlich unerträglich. Aber in bezug auf Zigaretten muß ich mich wohl süchtig nennen.
Es war eine seltsame Nacht gestern.
Man kann die paar Bäume zählen, die man vereinzelt bis zum Horizont hin sieht. Ich verstehe nicht, wie hier eine Pflanze die Energie zum Überleben findet. Hölzerne Heroen, so muß man sie wohl nennen.
Die Spanierinnen haben in Aranjuez Küken gekauft. Es raschelt und piepst in den Kartons. Es ist ein wohltuendes Bild. Die beiden in Schwarz kennen nichts von Ehescheidungen. Ihre Verbindungen ruhen in sich. Ein Ausbruch ist für sie wohl nicht einmal als Überlegung vorhanden. Ich weiß Genaueres über die Overkill-Rate der Nuklearwaffen. Wie war sie noch? Könnte die Erde vierzig oder fünfzig Mal zerstört werden?
Kein Gedanke der letzten Nacht ließe sich diesen Frauen erklären.
Mein Gott, ist der Himmel blau. Jeder Baumschatten hat sicherlich in die spanische Mentalität einen paradiesischen, jeder Felsbrocken einen leidenden Gedanken gesenkt. Nur kahle Steine.
Das Kloster Spanien, es verdirbt sich mit Bahnschienen. Ich wollte, die Züge wären nicht. Zu Fuß durch diese Gegend. Hier Tagesmärsche über einen Boden machen, der von der Blutrache nicht abgelenkt hat. Hier haben sich die spanischen Heiligen erhoben und haben Gott ins Zentrum der Ödheit gesetzt. Es gibt keine Allee. Man ist nur mit sich. Man ist gezwungen, sich zu finden. Das Land der Konsequenz. Keine Wolke macht den Himmel duftig. Wann? 1391! Vinzenz Ferrer hat Toledo zum Pogrom aufgestachelt. Lorca, »Die Bluthochzeit«, noch in den dreißiger Jahren.
Eine ausgebrannte Feuerstelle zwischen Granitfelsen. Ein Autogehäuse ohne Räder.
Die eklige Zigarette. Sie ist meine Schwäche. An den Fingerspitzen gelbgerauchte Haut. Mit dem Qualm qualme ich meine

Verbrauchtheit durch die Luft. Auf den eigenen Füßen marschieren. Warum nur diese Eisenbahn. Sie entstellt die Kraft dieser Felswüste. Hatte ich es gestern nicht ›Aspektekunst‹ genannt? Mein kopflastiges Elaborat, mein witziger Einfall nach dem Verlust aller Heimat! Die Wüste wäre zum Wiederfinden da – und sie haben Gleise verlegt! Nur sechzig Kilometer von Madrid nach Toledo. Ich wünschte mir zweihundert Kilometer, um den Weg zu erleben. Keinen einzigen Meter verschenken können.
Wenigstens das letzte Drittel Zigarette habe ich nicht geraucht, das schädlichste übrigens.
Die Zigaretten bauen meine Energie ab. Nicht nur die Zigaretten. Ohne Konsequenz kann man auch leben, zwischen Susanne und Sabine, zwischen Sabine und Gerda alternieren. Über Atomkraft kann man nörgeln und den Elektroofen andrehen.
Im Zug gibt es kein Mineralwasser zu kaufen. Einen solchen Durst hatte ich noch nie. Er ist grandios.
Ich hasse die Zigaretten. Es ist der Moment, die Packung in den Abfallkasten zu stopfen. Ein für allemal. Sechzig Kilometer Bahnfahrt reichen nicht aus, um zwingend zu sein. Gerade als Exkurs für die Gedanken.
Was für unangemessene Sehnsüchte! Wüste zählt nicht mehr. Sie ist neben anderen Bildern ein Bild mehr.
Um Himmels willen, der Zug galoppiert. Die Sonne hat die Schienen verzogen. Die Zigaretten werfe ich nicht weg. Es kommt bald eine Stadt. Sie erlaubt das Rauchen. Nur dreißig Kilometer noch. Sind Steine auf den Schienen?
Dieser überflüssige Kleiderhaken? – mein Schädel – voll dagegen! Wenn ich die nächste anzünde, werde ich mit ihr meine mir gereifte Schwäche zwischen den Fingern halten.
Die Steine glitzern.
Die Amerikaner sind am Ende, fertig, knocked out in Kastilien.
Wie schön.
Was suchen sie in der Kathedrale des Großinquisitors?

Ein Schlußstein sollte sie erschlagen. Ich würde gläubig.
Die USA mit ihren Smile-Präsidenten. Ohne Care-Pakete wären wir ernster geblieben. Ich darf es eigentlich nicht sagen, ich kenne nur Praliné-Leben.
Gut, der Zug kommt kaum vom Fleck.
Er springt auf der ausgemergelten Spur.
Amerikaner nehmen das hin. Nein, ich täusche mich. Sie amüsieren sich.
Einen Erlebnistrip machen sie mit gewissen Unbequemlichkeiten. Aber nicht mit so vielen Bocksprüngen und Musik wie beim Rodeo.
Eine Zigarette? Wie gern. Einen Campari-Soda? Wie gern. Eine erfrischende Dusche, wie gern.
Er entgleist!
Er tobt!
Soll doch endlich der Waggon in den Sand knallen.
Aber nein!
Er fährt wieder ruhiger.
Die Räder waren sicher weit über den Gleisen.
Jetzt!
Das geht nicht gut.
Los, noch einmal, ganz heftig, ruhig runter vom Bahndamm!
Es wird nicht passieren.
Es wird nicht sein, daß eine Katastrophe mir irgendeinen Punkt setzt.
Jetzt setzt das Mittelmäßige wieder ein.
Hätte ich etwas vermißt?
Ich hätte doch gar nichts vermißt. Das denke ich mir so.
Grüne Quadrate dort, Weinfelder werden es sein, Pinien in der Ferne, Silos. Eine Siedlung. Toledo?
Ja, es muß Toledo sein. Ich werde es besichtigen. Ich werde einiges über Architektur erfahren, Sakral-Architektur. Das schadet sicher nicht.

Vom Gangfenster aus wird man es sehen können.
»Sorry, may I?«
»Of course, of course – there's space enough. Travelling was like rodeo, wasn't it?«

6

Der warme Fahrtwind riß den Amerikanern und mir alles Gekämmte auseinander. Ich wollte einen Begutachtungsblick auf Toledo werfen. »Toledo«. Ich muß wohl Toledo gerufen haben.
Eine Burg sah ich, eine viereckige Burg mit viereckigen Türmen.
Wenn es nur irgendwie geht, werde ich hier leben – später.
Auf Fels, aschgrau, ocker, lag der gleichfarbene Block da. Vier schwarze Schieferspitzen der Türme, rotes Schindeldach, die einzigen Farben über dem Bautengezack und den Häusermatten. Toledo und das Land teilen die Töne aus Graubraun und Rotbraun. Wie ein vom Bergmassiv mit Strenge geduldeter Ort steigt Toledo auf Felsrücken auf. Kein Kirchturm filigran, keiner elegant, eher ein Stück Weg gegen das Blau. Gedrückte Kuppeln, massive Glockentürme aus Ziegelstein.
Mit einem Zug der RENFE holpert man hinein und … und nun sitze ich über dem Tajo – vor den Wegen zur Stadt hinauf. Der Tajo! Ein dunkler Fluß, der über Gestein schäumt.
Ich zog das Hemd aus. Es ist hellkariert, tailliert geschnitten, so albern auf Adrettheit bedacht und für viel Geld in ›James' Fashion-Shop‹ in Vegesack gekauft.
Die Hosenbeine habe ich hochgekrempelt. Ein Ornat oder die nackte Haut, mußte ich denken. Am Rande der Stadt sah ich hoch

über mir die Königsveste stehen, wie ein Wächter, der zugleich über die Stadt und ins Land blicken konnte.
Ich glaube, Franco war mir kurz eingefallen.
Ich werde hier leben, wenn es nur irgendwie geht.
Ich genieße meinen Durst. Ich glaube zu fühlen, wie mir jede Minute in der Sonne die Haut bräunt, Flüssigkeit herauszieht und mich strafft. So wollte ich Spanien.
Meinen Fotoapparat lasse ich in der Umhängetasche.
Ein paar Meter von mir entfernt sind die Bögen der Brücke San Martin. Vielleicht haben die Hände von Römern sie gebaut.
Alle Epochen hatten die Füße auf ihr. Kaiser Karl V. mit seinem Troß überquerte sie, die Soldaten Napoleons, mit den Gewehren im Anschlag, die internationalen Brigaden im Bürgerkrieg, Wasserträger für maurische, jüdische, katholische Haushalte.
Uralt steht alles da.
Was für ein prächtiges Filmmotiv wäre diese Brücke. Einen ihrer Bögen, ein Stadttor könnte ich mit der Linse herausfischen. Aber ich lasse es sein. Das Motiv bliebe hier, nur hier und jetzt und ließe von sich nur eine architektonische Information ablichten. Ich verzichte auf das Foto. Es transportiert nichts. Zu viele Menschen sind in die Steine eingeschmolzen.
Es ist gut, daß niemand mich begleitet. Vielleicht hätte er jetzt etwas Unpassendes gesagt.
Es gibt in Toledo Kirchenschätze aus peruanischem Gold, Inka-Gold. Vor diesen Reliquien werde ich so lange nachdenken, bis ich erfahre, was Toledo ist.
Woher kenne ich Spanien? Ich lebte doch schon lange damit. Bereits als Kind, als ich noch nicht über die Weser hinübergekommen war. Es war schon in mir angedeutet. Haben Reliquien spanischer Kirchen bereits gewirkt, als ich im Konfirmandenunterricht das unbemalte Holzkreuz unserer Dorfkirche vor Augen hatte? Jenes Sehen stand doch schon in einer Verbindung mit dem mysteriösen Pomp des katholischen Glaubens. Wie

sonst hätte ich unsere weißgetünchte Protestantenkirche als ärmlich und ihre kahlen Wände als nicht katholisch empfinden können. »Mysteriöser Pomp« – hatte das nicht jemand zu mir gesagt? Wer war es? Er hatte mir damit Gegensatz und Verbindung gegeben. Ich war noch ein Junge. Wer hat den Rhythmus von Spanischem in den zehnjährigen Jungen gelegt? Unerlebtes ist mit feinsten Spuren in mein Leben eingegangen. Ich werde vor die Reliquien treten können und »Das ist es« sagen. Es ist ja nur ihre Ausführung, es sind die Details, die ich noch nicht gesehen habe. Ich habe wahrgenommen, daß Spanien in mir Lebenszeichen vorgebildet hatte, spanische Kirchen, das Mittelalter in Spanien? Einige wenige Male habe ich doch von dort eine Regung erhalten? Oder war es geträumt? Wer hatte die zwei Wörter gesagt? An einem Geburtstag war es. Es stand Frankfurter Kranz auf dem Tisch … gefüllt mit Johannisbeermarmelade. Sie war mir nicht süß genug. Mutters vierzigster Geburtstag.

Onkel Adolf. Nein, wieso Adolf, Alfred heißt er. Alfred Döring. Ein Nenn-Onkel. Der hatte doch noch vor Franco an der Deutschen Schule in … Zaragoza gearbeitet? Vier oder fünf Jahre lang? Ich weiß nicht genau. Alfred, ja! Er war Mamas Jugendfreund gewesen. Natürlich, er hat uns auch von einer Fiesta erzählt, bei der er beinahe ums Leben kam, ich weiß nicht mehr, warum. Kastanietten, die er uns Kindern zeigte, habe ich für komische Ohrringe gehalten. Noch daheim in Worpswede hatte er eine Sammlung bunter Lackfächer an der Flurwand. Sicher seine Jagdtrophäen. Mama hat uns im Januar nach dem Schlachten mit frischer Wurst zu ihm geschickt.

Wir durften es Papa nicht sagen.

Zu zweit sind wir auf einem alten Damenrad zu Onkel Alfred gefahren.

Er war der einzige im Ort, der lange Zeit weit fort gelebt hatte, und er flog schon Anfang der fünfziger Jahre regelmäßig nach Teneriffa. Das war exotisch. Er war ein besessener Schwimmer.

Papa mochte ihn nicht, aber das ließ man auf sich beruhen.
Auf Mamas Geburtstag hat er »mysteriöser Pomp« gesagt. Er war nicht im Schützenverein, ja, ich glaube. Er trank keinen Alkohol. Da konnte er in keinen Verein.
Er war manchmal redselig, dann abweisend, sein Haar war glatt und schwarz. »Gefärbt«, hat jemand gesagt.
Ich hatte das Gefühl, als sei er immer aktiv und gesund. Und dann bekam er Krebs. Ich habe das damals nicht begriffen. Ich dachte immer, wenn man viel in der Sonne gelebt hat und in der trockenen Hitze, von der er erzählt hat, dann könnte man keine so schleichende Krankheit bekommen. Ich dachte, sowas käme nur dort vor, wo es oft diesig ist und wo Moore sind – so wie bei uns. Als sie sagten, er sei im Krankenhaus elend gestorben, war das so unglaublich für mich, ja, zum Beispiel, wie wenn Jim Hawkins auf der Schatzinsel verhungert wäre. Habe ich das Buch nicht von ihm zum Geburtstag bekommen? Ja, ja, und überhaupt, er war ja sehr wichtig für mich, dieser Onkel Alfred. Er war der einzige, dem ich beim Rasenmähen erzählt habe, wie ich »Die Schatzinsel« gelesen habe: Brot habe ich aus der Speisekammer genommen und es zu Teigkugeln geknetet. Das war mein Schiffszwieback. Wasser habe ich über Nacht in meinen Schrank gestellt, damit es, wie an Bord, abgestanden schmecken sollte. Ich hätte sogar gerne Symptome von Skorbut gehabt, Zahnfleischbluten, Schwächeanfälle. Ungeheuerlich! Dann hab' ich gelesen, altes Wasser getrunken, Schiffszwieback gekaut – natürlich, Dr. Livseys Pfeife besaß ich auch: der Holzkochlöffel, den Mutter zwei Wochen lang vermißte. Ich weiß, wie eine Seereise abläuft. Zwei Wochen, das war zweimal das Buch. Der Schrank, lieber Himmel, der war ja mein Blockhaus. Meine Nächte in der Südsee von 1750, auf der ›Esmeralda‹, unter dem Union Jack. Bei halbgeöffneter Schranktür habe ich auf den Hemden gehockt. Dreimal täglich wurde ich dort von den Meuterern belagert. Großmutter kam gar nicht mehr aus dem Hemdenbügeln heraus. ›Robinson‹ habe ich

erst viel später gelesen. Er störte ›Die Schatzinsel‹. »Fünfzehn Mann« – fing das grausige Lied nicht so an?
»Fünfzehn Mann auf des toten Mannes Kiste
und 'ne Buddel voll Rum«.
An Vaters Rum kam ich nicht heran. Wurde das in ›Robinson‹ gesungen? Crusoe, der Sohn eines Handelsherrn in York, gebürtig aus Bremen … Meine Güte, dann kamen die ›Musketiere‹, dann ›Die Sagen des klassischen Altertums‹ von Gustav Schwab. Troja konnte ich mir im Kies bauen, als der Hof noch nicht gepflastert war. Außer zu Gott habe ich sicherheitshalber auch zu Zeus gebetet. Ich war mir nicht sicher, ob Poseidon nicht über unseren Löschteich gebot. Ich fürchtete und hoffte, im Wald ein Zeichen von Artemis zu bekommen. Ein Jahr lang wagte ich nicht, Zweige abzubrechen. Ich hab' mich davor gedrückt, zur Kirche zu gehen, um nicht die griechischen Götter zu erzürnen, die vielleicht noch lebten und mich nur prüfen wollten. Vor dem Einschlafen stand ich ihnen manchmal Rede und Antwort. Ich hatte Hoffnung, von ihnen zur Unsterblichkeit auserwählt zu werden. Wie oft habe ich freiwillig das Geschirr abgetrocknet, um ihnen meine Großmut zu beweisen. Sie sahen doch alles. Jedenfalls, es war nicht sicher, ob sie nicht da waren. Dann kam die Schulzeit.
Was ich alles vergessen habe!
Dieser Onkel Alfred. Ich denke ja immer noch, daß die Toten zusehen, wenn man ihre Namen ausspricht. Wie habe ich Angst gehabt, »Käp'tn Silver« zu sagen. Sein grausiges Holzbein.
So viel vergessen. Die ganze Melodie der Entwicklung.
»Kennst Du das Land,
wo die Zitronen blühn«.
Weiter weiß ich nicht. Weiß ich kein Gedicht über den Süden?
»Ich fühl' mich in Rom so froh …
Farben- und gestaltlos die Welt um den Ermüdeten lag,
Düstre Wege zu spähn, still in Betrachtung versank.

Nun umleuchtet Glanz des Äthers Stirne,
Phöbus...«
Ich konnte es einmal perfekt. Römische Elegien. Gibt es eine Melodie dazu? Aber dazu kenne ich die Melodie:
»Wem Gott will rechte Gunst erweisen,
den schickt er in die weite Welt.«
Auch nur zwei Verse. Bezeichnend für mich: Aus dem ›Taugenichts‹. Wo ist mein Gott, wo ist meine schöne Gräfin, die alles rettet? Nicht damals, jetzt wäre ich reif, diesen Text mit Dr. Brammers Klavierbegleitung im Musiksaal der Hermann-Löns-Schule zu singen.
Hermann Löns – und ich sitze auf einem Stein vor Toledo.
Ich will mir vorstellen, wie ich mit dem Fahrrad tatsächlich bei jedem Wetter in die Schule gefahren bin. Ganz gleich wie, es war immer Gegenwind. Kurze Lederhose, kaputte Knie vom letzten Nachmittag im Moor. Der Torfdreck ging gar nicht mehr aus der Haut. Hier. Diese Haut hier.
Jetzt ist wieder etwas von meiner Melodie da. Mittagszeit.
Wie still es ist.
Ich brate.
Was habe ich schon an Schlafpillen geschluckt, und Fußbäder habe ich auch schon genommen; Sauna! Fitness-Center, Massage-Dusche.
Wie eine Verstörung liegt das zwischen dem Schulweg und dem Stein am Tajo. Wie habe ich mich manchmal schlecht behandelt.
Ich verdurste.
Nachher setze ich mich wieder hierher und hole mir mein Zustandekommen zurück. Meine Geliebten, die ganze lange Galerie, will ich mir dann einsammeln, Birgit, die Pastorentochter. Ich hatte sie vergessen, ich hatte mich verloren. Ich kann das ändern. Die Stangenbohnen, die mich und Birgit versteckten, an den Tajo. Das verlorene Bild braucht meine Zeit. Nachher.
Die Militärjeeps wirbeln den Straßenstaub auf. Ich bin schon

schmutzig. Männer mit Baskenmützen, spielende Kinder. Sie bemerken in den Bäumen die Orangen gar nicht. Die sind für sie sicherlich so selbstverständlich wie die Angst vor Bürgerkrieg.
Die Treppen. Sie werden immer steiler. Die Amerikaner sitzen im Schatten. Sie verschnaufen. Ich will das nicht tun. Zwei, drei Stufen mit einem Sprung. Noch eine Römertreppe. Gegen die Teerschmiere in meinen Lungen. Drei Stufen. Meine Adern treten heraus. Ich habe die Adern lange nicht gesehen.
Ein Tag war das, der zu den besonderen zählt. Begegnung mit Toledo – das wäre sicher ein Filmthema. Es wird allmählich Nacht. Bis Aranjuez fährt der Zug nun noch vierzig Minuten. Für einen Film bietet sich so ein markanter Tag doch geradezu an. Das erste Bild: jemand, der die gewundenen Treppen hinaufspringt, zwei, drei Stufen auf einmal, wie ein Asthmatiker keucht – und im Hintergrund die rötliche Kathedrale des Großinquisitors. Sie ist sein Ziel, weil ... weil sie die Bedeutung eines Glaubens hat? Nein. Weil? Weil ihre Meisterwerke der Kunst eine Kraft haben? Nein, das ist es nicht. Weil sie den Mythos von Ruhe hat, der die Intensität der Erbauer in die Steine schließt? Nein. Sie ist sein Ziel, weil diese Kathedrale, weil ... Sie bedeutet ja eigentlich nichts. Sein Ziel ist sie, weil rötliche Kathedralen von Großinquisitoren attraktiver sind als viereckige Montagehallen. Er springt die Stufen hinauf, weil die Kathedrale verspricht, nein, weil sie ein selteneres Phänomen ist als eine Montagehalle.
Nun, es geht in dem Film also um das Einsammeln von Phänomenen, die der Apathie entgegengesetzter sind als andere. Bilder vom Außergewöhnlicheren, beeindruckende Bilder, die das Gewöhnlichere außer Kraft setzen sollen, sozusagen Bilder des Antriebs. Ja, das ist das Sujet! Ich werde einen Spiegel über die Phänomene halten, die zu meinen Nerven Bezug fanden. Der Film wird natürlich egozentrisch werden. Ich will einige meiner Zusammenhänge fixieren. Doch wenigstens sehen, was sich in meinem Umkreis befindet. Eine Skala der Prägungen versuchen.

Wenigstens wissen, was wirkt, aber lange noch nicht: wie es wirkt. Natürlich kann nichts und soll nichts erläutert werden. Analyse führt ins Unendliche, deswegen bin ich ja da, wo ich jetzt bin. Bescheiden werde ich nur belebende Berührungen registrieren. Fast ein heiterer Film – Lebendigkeit kommt darin vor. Er läuft der Kathedrale entgegen. Ihr ist zu eigen, der Gewohnheit zu widersprechen. Das ist ihr Mythos.
Sicher, es würde ein schön nuanciert monologischer Film werden. Aber nie hat jemand einen Film für alle gemacht, nicht einmal für wenige untereinander verschiedene Leute, letztlich immer nur allein mit sich über den Zeitpunkt, zu dem an jenem Ort jenes zum Bewußtsein kam. Vielleicht werde ich mich kennenlernen, wenn ich diesen heutigen Tag einsammle. Das Schweigen ist mir aus Sprechgewohnheiten noch fast unmöglich, ein Film mit Ideologie fügt nur Enges zu Beengendem. Nur keine ›öffentliche Absicht‹ und Gefälliges.
Nur nichts beurteilen.
Ich muß mich der Aufgabe der Berichterstattung zuwenden. Wenigstens ein Teilportrait vom Schicksal zeigen.
Es wird sich erweisen, ob der Film etwas vermittelt, irgend etwas, weswegen jemand sich gedrängt fühlt … die Frage »wozu« an den Film zu stellen. Er soll die Antwort sehen: keusche Wahrnehmung – ein ständiges Erstaunen. Und Erstaunen ist Erstauntsein-Dürfen. Sollte das nicht ein Geschenk sein, das an Anfängen steht, das an Endpunkten wieder stehen muß?
Er läuft mit gieriger Lebendigkeit die Treppen und Gassen hinauf. Der rötliche Stein der Kathedrale ragt gegen den Siesta-Himmel. Er weiß, daß dieses die Altstadt noch gar nicht ist. Profane Gotik, Renaissancepaläste umgeben ihn. Um die Kathedrale ist alles noch viel asketischer, sind die Ziegelsteinfassaden noch ungeschwätziger. Nichts aus Betonstreben, Glasplatten. Die sind zwar auch ungeschwätzig, aber deswegen, weil man den Austausch aufgegeben hat.

Dort der ›Arco de la Sangre‹, der ›Blutbogen‹; die Mauren haben seiner Öffnung die Form eines Schlüssellochs gegeben. Die nicht erlernte Symbolik des Islam bleibt stumm, seine Ornamente bekommen kein Leben. Der Eilende bleibt kaum stehen. Hinter einem Haufen Melonen schläft eine alte Frau auf einem Stuhl. Er setzt sich auf einen Brunnenrand. »Schönes Toledo, schöne Stadt«, sagt er und nennt sie »Du«.
Seine Blicke halten mit einer schweren Holztür Zwiesprache. Sie steht ihm gegenüber halb offen. Über diesen Austausch lächelnd steckt er die Hände in das Brunnenwasser. In dem Moment, in dem er sich das Gesicht mit Wasser bespritzt, spürt er plötzlich genau, daß Duschen und Badewannen das Gebräuchliche sind. Mit verdorbener Freude reibt er sich mit nassen Händen die Beine ab.
Ein ganz typisches Urlaubmachen, weiß er nun. Die Tür ihm gegenüber wird von innen geschlossen. Wie aus Absicht, denkt er jetzt.
Er blickt über den Kopfstein-gepflasterten Platz. Das alles hier hat ja keine Effektivität mehr. Nur Steine, nur eine Epoche und Versunkenheit. Nur keine Scheu jetzt, aus falscher Pietät, kein Souvenirgeschäft zu betreten. Es bleibt die Besichtigung der Rarität Toledo.
Er verläßt den Platz.
Er kickt einen Kieselstein beiseite.
»Hoppla, eine Kathedrale.«
Er taxiert ihre Länge. Sicher 60 Meter hoch. Er wendet sich von ihr ab. Mit einer solchen Haltung ist es ihm widerwärtig, die berühmte Kathedrale zu betreten.
Als ein Ausgesperrter schlägt er nun eine andere Richtung ein. »Banken müßten hier herein, Apartmenthäuser, dann irritierte diese Stadt in keiner Weise mehr. Die Halluzination wäre vergessen, daß alte Zeiten heiler waren. Toledo, diese luxuriöse Reminiszenz. Es behindert die Nüchternheit.«

Das Westportal der Kathedrale. Dicht schieben sich die Häuser heran. Die Gasse hat ihr Ende dicht vor der ›Puerta del Perdón‹.
»Ein Monstrum für den Großinquisitor!«
Er wandert den Weg um diesen ziselierten Berg ab und schüttelt den Kopf über die Mühe der toten Bewohner Toledos. »Wie viele Millionen Male haben hier die Meißel der Bildhauer angesetzt?« Jeder von ihnen besaß wahrscheinlich seinen Heiligen, Namenspatron, den seiner verstorbenen Frau: eine Skulptur, der er sein Allerbestes gab, eine heimliche, steinerne Zugabe verlieh. Jeden Tag, durch die Jahrhunderte, sind sie auf die Gerüste gestiegen. Jeden Tag für das selbstverständliche Werk, das unvergleichlich weite Bögen über die Gebete spannen sollte. So herrliche Bögen, daß sie Gott Ehre machten, und solche Gesten der Heiligen, daß für die Erdenfrist zwischen Menschen und Gott das Fürchten und Lieben keinen Tag lang als dümmlich abgetan werden konnte. Die Statuen geboten die Ordnung des Universums aus der leichten Krümmung ihrer erhobenen Finger.
»Hölle und Paradies interessieren mich nicht«, sagt er fast zum Spaß und ist fasziniert.
»Für die Heilige Inquisition und den Großinquisitor von Spanien!« sagt er und schaut …

7

Das Eingangsportal wird aufgesperrt. Er zahlt die 25 Peseten. Er bestaunt den Orangenhof, der mit subtropischen Bäumen und Jasminbüschen üppig bewachsen ist. Er erkennt den Duft, den er beim Lesen von ›1001 Nacht‹ zu riechen meinte.

»Inquisition«, sagt er vorsichtig im langsamen Gehen durch den Kreuzgang, dessen Säulen Schattenrippen über den Boden werfen.

Neben ihm schluckt das Tor die Grüppchen der Besucher ins Innere des Kirchenschiffes. Sie plaudern.

Er denkt an Goya – daß Goya mit der spitzen Mütze der Ketzer vor dem Großinquisitor hatte Rede stehen müssen. Der geniale Maler, der helle Denker, der Liberale hat in einem makabren Aufzug vor dem Heiligen Offizium auf einem Schemel gehockt – und aufhören müssen, sich für etwas Außergewöhnliches auszugeben. Er tritt ein. Er stolpert über eine unebene Stufe und kann sich gerade noch am offenstehenden Torflügel abfangen, der unter dem Druck seines ganzen Körpers keinen Zentimeter nachgibt.

Kleine, stille Schritte geht er ins Innere.

Die Ekstasen der Heiligengesichter, deren Anblick und Blick überall ist, verhindern, daß er ein Wort dafür findet. Was hier an Raum ist, ist von ihnen erfaßt. Die Augen, sich kreuzend, von hohen Kapitellen bis in die Ritzen der Mauern.

Da reden vor ihm Leute unter den Bronzebeschlägen der ›Puerta del Perdón‹. Wütend tritt er laut auf den Boden. Verängstigt blickt eine kleine Japanerin ihn von unten herauf an.

Er geht weiter, dicht an den Wänden entlang, auf denen das von den Glasmalereien der Fenster umgewandelte Tageslicht ruht. Er sieht zum Chorgestühl hinüber, zum Altarrundgang, der ein farbig durchwirktes Spitzengewebe aus Bildhauerarbeit ist.

»Das ist doch gar nicht menschenmöglich«, sind die ersten Worte, die er denkt.

Er tritt vor die wohl fünf Meter hohe Monstranz, vor deren nadelfeinem Geranke aus purem lateinamerikanischem Gold dem Betrachter nur der Kniefall zu tun übrigbleibt. Oder fast ein Gelächter.

Die meisten Touristen aber klatschen beim Anblick die Hände

zusammen und lächeln in den närrischen Turmbau, der mindestens so bizarr wie aztekische Geisterfratzen vor ihnen einen Fanatismus aus Spitzen, Zacken, Ranken präsentiert. Viele sagen, weil sie es nicht fassen können und weil sie nicht schweigen können, zu ihrer Begleitung: »Kein Stückchen könnten wir davon bezahlen.«

Er steht da und erkennt das Ding als eine Abstrusität. Er verläßt die Sakristei, in der es, wie ein Minotauros, dahinschillernd placiert ist. Er fühlt sich entmachtet, unfähig, auch nur eine Verbindung zwischen sich und dem goldenen Ungetüm herzustellen. Das steht da, das ist eine ungeheure Sache.

Er hat das Meisterwerk von Enrique d'Arfe gesehen, das eine geniale Hysterie um sich verbreitet und mit ihr das Wissen, vor einem nur gotischen Objekt zu stehen.

Er gesteht sich keineswegs ein, enttäuscht zu sein. Alles sehr bestaunend, läßt er seinen Blick durch das Sakrale ziehen. Aber nur ein paar Sekunden, und er findet sich in einer Umgebung von bloßen Kunstwerken wieder, mit denen andere Stätten übertrumpft werden sollten.

Er begreift sich gar nicht mehr in seinem Plan, hier in irgendetwas eindringen gewollt zu haben. Er nennt sich einen Narren.

Ernüchtert betrachtet er den Chorraum, um und über den sich die geschnitzten Altarwände wie in einem zarten Atemzug zu biblischen Zurschaustellungen geformt haben.

Ermüdet stellt er sich vor, daß dort das Inquisitionsgericht die Dogmen von Ketzereien saubergehalten hat, um die Welt vor den Experimenten der Freidenker zu bewahren. Wie viele haben dort auf einem Hocker – vor der Imposanz und der Klarheit der Richtenden – ihren Kampf und ihre Winkelzüge um der Zivilisiertheit willen zu einem elenden Getue erniedrigt sehen müssen. Mancher mag wie erlöst gewesen sein, wenn ein Großinquisitor ihn und all seine vagen Wünsche ins Feuer geschickt hat. Und die Gesichter der Apostel stellten für ihn die unbarmherzige Weisheit

des Heiligen Offiziums als Weg zu Erleichterung und vielleicht endgültiger Erleuchtung dar. Wie ein Schutz gegen die Vereinsamung der Menschheit war die Brutalität dieser Geistlichkeit gewesen, die auf diesem Platz über den Eingang in das Gottesreich Recht gesprochen hat.
Ein Pater geht an ihm vorüber. Über der Soutane ist ein Kopf mit spekulierendem Gesichtsausdruck. Wie sehr überlegt der Mann, inwieweit er sich nun von den Francisten zurückziehen soll, um seine Zukunft unter dem neuen Regime nicht zu gefährden? Die Soutane ist vorübergefegt und hinterläßt wie einen Rippenstoß den Gedanken, daß einer der Richter des Heiligen Offiziums ein bestechlicher Intrigant gewesen ist. Plötzlich ist das Phantasieren fern. Der faszinierende Ort der Inquisition wird ein undurchdringliches Gruselkabinett aus Ränken. Die verpfuschte Inquisition eine gar nicht mehr fremde Welt, die sich als bloßes Faktum im Alltäglichen, im Historischen, entblößt.
Er geht von hier fort. Die Bildersammlung in der größten Sakristei soll nun sein letzter Programmpunkt in der Kathedrale von Toledo sein.
Schon von fern leuchtet der rote Stoff auf El Grecos ›Gewandabnahme‹. Nach ein paar Schritten durch den Saal hat er sogleich keine Lust mehr auf die Werke Raffaels oder Tizians.
Gegenüber El Greco empfindet er sie als weichlinig. Dies eine Werk des Malers aus Toledo scheint den Rest der sakralen Darstellungen zu einem nur erfreulichen Gemisch aus sehr gekonnter Komposition und verliebter Religiosität zu degradieren.
Ein metaphysischer Schlag der ganze Christusleib, um dessen bis an das Skelett vordringende Leiden ein scharlachrotes Gewand gehüllt ist. Er stellt sich vor das Bild, verschränkt die Arme und weiß, daß es eine unverspielte Wahrheit spricht. Ein Bild, das nicht ›gefällt‹, eines, das für ihn spricht, das ihm sagt, daß man auf einer Suche ist, und das solche Gesichter zeigt, von denen man sich nicht alleingelassen fühlt. Sie blicken in rätselhafte

Hoffnungen hinein, diese aufrichtigen Verwandten. Braun, dunkel der Männerhaufen dahinter, wärmend, weil ihre Köpfe so dicht aneinander sind. Ein Bild, vor das man hintreten kann, wenn nichts sein Versprechen gehalten hat. Da ist vor seinen Augen eine Aussage, die Bequemes einfach übergeht, Status nicht wahrnimmt, die den tiefen Ernst bis hinter die Augen trägt, sich endlich selbst die einzige Würde zu geben. Er bemüht sich; es gelingt ihm nicht herauszuspüren, was dieser El Greco seinen in nichts gelösten, seinen unerlösten Gestalten verspricht. Er sieht nur Figuren, die die Belastung, einem kosmischen Rätsel ausgesetzt zu sein, in eine qualvolle Pflicht und eine vereinsamte Dimension von Freiheit und Wahrnehmung verwandeln.

Er steht vor dem Bild und bedenkt die Art der gemeinten Pflicht, das Ziel dieser Pflicht, die Hoffnung. Aber seine Gedanken bleiben stecken. Das Bild sagt nichts mehr, als daß es ›verpflichtet‹. Und die übrigen Tableaux an den Wänden reden von Verzückung, Weisheit bis zur Genugtuung, von Gnade, auf die man zählen kann, von Schönheit, in der die Augen sich betten können – aber das ist ihm wie ein Geplauder freundlich empfindender Menschen auf einem italienischen Marktplatz. Doch aus einer solchen Landschaft kommt er ja nicht.

Italiener reden und gestikulieren in seiner Nähe. Das hatte ihn wohl auf: ›italienischer Marktplatz‹ gebracht.

Die dort, die jetzt hinausgehen, den Duft ihrer schönen Heimat zurücklassend, waren um nichts der perfekten Lösung näher als er.

Er sieht die Damen und Herren aus Umbrien oder Piemont nicht mehr. Er zuckt die Achseln.

Er schlendert an den Bildern entlang, von denen man ebenfalls etwas wissen sollte. Zum Abschluß kehrt er zu El Grecos Werk zurück. Er ist verwundert, daß der Eindruck nicht schwächer geworden ist. Er überlegt sich, daß er vor diesem Bild eine Woche oder sogar viel länger ruhig stehen müßte, um ihm in all seinen

Schichten gerecht zu werden. Jeder Schritt fort wäre ein Verzicht. Aber solche Ausdauer hat er nicht. Es würde niemals ein Ende nehmen, wenn er den Details gerecht werden wollte. Und mit Gewißheit würde er die Kraft dieses Bildes keine hundert Meter weit mitnehmen können. Damit hatte er auch diesem Bild den Laufpaß gegeben.
Er geht fort. Die Gedanken über ›unvollendet‹ und ›Vollendung‹ füllen ihn – ungewollt – eine Weile aus. Beim Hinausgehen hat die Welt, haben die übrigen Menschen, hat die Stadt Toledo den Charakter des Provisorischen angenommen. Es ist ein Schock, dem er den Reiz der Überraschung abgewinnt. Die Nonnen, die an ihm vorübergehen, erscheinen ihm faszinierend und grotesk.
Ich hatte noch eine Stunde Zeit, bevor der Zug nach Madrid abfuhr. Ich ging an den Stadtwällen entlang, die Nachmittagssonne im Nacken, das Tajotal bis an den Horizont unter mir und hinter mir die Magie der Bauwerke, die jeglicher Aktualität entbunden sind.
Die Läden hatten wieder geöffnet. Die Siesta war vorüber. Ich kaufte mir Weintrauben. Ich empfand es als meine Krankheit, jetzt ganz gerne in einem Café in Madrid sitzen zu wollen, obgleich Toledo doch einzigartig war.
Das rasche Vergehen der Wartezeit war schmerzhaft; noch schmerzhafter war das Gefühl, nicht unbedingt in dieser Einmaligkeit bleiben zu wollen. Ich hatte wohl Angst, daß Toledo ein Versteck sei. Aber ich fragte mich, warum ich für mich kein Idyll beanspruchen sollte.
Später, habe ich gedacht. »Jetzt noch nicht«, sagte ich.
»Aber für den fünfzigsten Geburtstag werde ich Toledo vormerken«, und immer mehr freute ich mich darauf, in einem Madrider Straßencafé mir Gedanken über einen Toledo-Film machen zu können.
Bis jetzt hat er, offengestanden, noch keine zwingende Idee. Die Eindrücke sind sehr ungeordnet. Ein Sujet habe ich nicht ausfin-

dig gemacht. Es sind nur Perspektiven, von Minute zu Minute andere. Also, die Realität der fünf Stunden Toledo ist fast nicht zu gebrauchen. Ein paar Tage, und das Erleben wird zum Thema gereinigt sein. Ich muß ergründen, was ich will. So ist es noch Wust, nicht erfunden genug. Ich werde es einfach so machen: Jemand, der die Treppen hinaufspringt. Vor ihm die rötliche Kathedrale des Großinquisitors. Er will sie erleben. Eine Art Inquisition findet statt. Er wird sich nicht mehr getrauen, in die aktuelle Welt aufzubrechen.

Mein Zug stand parat. Noch immer waren die Abteile heiß wie Backöfen. Dieser Tag war üppig. Ich habe mein Hemd zusammengeknüllt, es unter meinen Kopf geschoben und meine Beine längs über die Sitze gelegt. Der Zug ruckte zweimal. Der dritte Stoß war dann das Anfahren. Es warf mich fast auf den Boden. Es war zum Schmunzeln: ich sah dicke Dreckränder unter den Fingernägeln. Was habe ich heute alles berührt? Mit diesen Fingern steckte ich mir die Rioja-Weintrauben in den Mund. Mit der Zunge leckte ich die Schweißtropfen auf, die von der Stirn bis über die Lippen rollten.

Daß ich mich leben fühle, kann mein Glücksgefühl nur ebenso schwach erklären, wie ich mich im Ungefähren leben fühle: Mit Schweißperlen im Gesicht. Toledo! Ich werde immer staunen, wenn es irgendwo erwähnt werden wird.

Als ich im Zug in eine der Trauben biß, da habe ich an die Schöpfung gedacht, an das All um die Erde herum. Die Süße der Traube, das Fruchtfleisch – plötzlich war das Grund genug, das Haar über meinen Augen, die Hautfalten der Fingergelenke, den Geruchssinn als köstliches Geheimnis wahrzunehmen. Alles erschaffen und gewachsen in einem undurchdringlichen Werdegang, in einem Wirrwarr mit packenden Abstürzen, skurrilsten Hypothesen und, alles in allem: unglaublich nuanciert. Die Traube und die Schöpfung – ein luftiger Gedanke. Ein Gedanke, den ich so unsachlich lassen durfte, wie er war, sehr erlesen, mich sehr beruhigend, sehr weit und sehr weitend. Auf diesem Bahnstrang jetzt von Toledo nach Madrid bin ich keineswegs ein isolierter Fremder. Ich bin Teilhaber an Prozessen, die ganz entschiedenermaßen Reichtum bedeuten. Nicht isoliert, jedenfalls nicht isolierter als jedes Wesen. Aber ich, meinerseits, eine Freude am Geheimnis habe ich. Und ich vermute, meine Freiheit ist darin geborgen. O diese Kraft aus dem Versagen von Kalkülen. Ein Resultat ist: ich habe eine kühle Gotik-Visite in Toledo machen wollen.

›Wollen‹ – ganz gewiß.

Ich fühlte mich so ungebunden, so erotisch wie niemals. Ich legte mich auf die Polster. Zehnmal stemmte ich beide Beine zur Abteildecke hoch: eine ideale Übung für die Bauchmuskulatur. Jetzt trifft mich der Hitzschlag, dachte ich. Ich hätte nicht geklagt. Wie könnte das Leben noch einmal so immens werden, wie es jetzt ist. So wie ich mich jetzt fühle, dürfte ich in kein Drehbuch: billigstes Freiheitsklischee, würde man denken: liegt in einem lauten Zug, ist staub- und schweißverklebt, ist glücklich und frei, weil er kleinlichen Verzahnungen in Toledo, in der Kathedrale, und mit Rioja-Weintrauben entkommen konnte. El Greco hat ihm gezeigt, daß die Antwortlosigkeit ein wundervoll erregender Zustand sein kann. Erotisch fühlt er sich, weil die Sonne seine Haut braun und ihn bis in die Knochen heiß gemacht hat.

Das werde ich in keinen Film bringen, keine Angst: Das behalte ich für mich. Es ist zu banal. Ich will jetzt an meine erste Liebe zurückdenken. Sicherlich werden mir dabei die Augen zufallen. Dann kommt im Traum vielleicht auch dieser Tag als ein zweites Erleben zu mir. Und wenn ich dann in Antocha aufwachen werde, dann weiß ich, daß ich für einige Stunden nicht gewußt habe, welche Ambitionen ich hatte und vielleicht wieder haben werde …

8

Ein Schaffner kam nicht.

Räder, die in den Weichen des Bahnhofs Antocha beinahe zu zerspringen schienen, weckten mich auf; das Ende des Ausflugs: es war Samstagabend, und ganz Madrid eilte in seine Flanierviertel, in die Theater, in die Cafés und Restaurants am Sol, an der Plaza Colón, ›Bienenkorb‹ heißt ein berühmter Roman über Madrid. Ich glaube, ich weiß, welches Tempo er hat. Hunderttausende der Vier-Millionen-Stadt hatten sich herausgeputzt. Es war der Moment, mir die Hosenbeine wieder herunterzukrempeln, die Hemdzipfel aufzuknoten. Im Gedränge der U-Bahn war ich von zwei Paaren eingerahmt, die von einem Laufsteg hätten kommen können. Zum Glück wußte ich, daß ich in einer Stunde abgeseift und geduscht sein würde. Um diese Uhrzeit wirkte Ungepflegtheit wie die Tolpatschigkeit eines erwachsenen Ausländers, den man bedauerte, daß er nicht mehr auf sich achtete.

Ich dachte, den Portierblick mit einem Lächeln aus meinem verschwitzten Gesicht entwaffnen zu müssen.

Ein Sicherheitsgefühl: die weiße Leinenhose, ein weißes T-Shirt und das stahlblaue Sakko im Koffer liegen zu haben.

Natürlich kam ich mir abgewirtschaftet, sogar schäbig vor. Das Wasser der Brause, die Gallet-Seife machten mich für die Cafés akzeptabel. Unter dem Wasserstrahl der Dusche war der Moment gekommen, das Erlebnis Toledo fürs erste zur Anekdote zu erklären.

Als ich mich in der Wanne abtrocknete, begannen die Stunden in Toledo unnahbar zu werden. Das El Greco-Bild hing in der jetzt finsteren Sakristei. Wie war noch der Eindruck gewesen? Etwas von Energie, von Pflicht? Ein besonderer Eindruck … Was war das Besondere?

Dieser ganze Tag verflüchtigte sich. Aber seine Nachwirkungen?

Es wird doch auf mich Nachwirkungen haben! Derselbe bin ich nicht wie heute morgen. Also?
Ich wurde träge. »Ein grandioser Ort«, sagte ich.
Es ist bedauernswert, daß die Sprache mehr als nur die Präsensform hat. Mehr Zeiten – das Elend fing damit an. Ohne Vergangenheit oder das Futur hätte ich von vornherein niemals die Idee gehabt, alte Ansprüche, Fehlschläge und zukünftige Sinnhaftigkeiten in Erwägung zu ziehen und mich in eine Vermittlung zwischen gestern und morgen zu zwängen. Nur eine Zeitebene: es wäre dann mit der Liebe ein Vergnügen, mit den Sorgen ein leichtes. Besorgnis gäbe es keine und keine falschen Hoffnungen – nichts Verpatztes von anno 1968. Und ich liefe auch nicht Gefahr, gelangweilt zu sein, denn von Abwechslung wüßte ich nichts. Es gäbe nichts als Gegenwärtiges und eine Kette von Momenten, die alle für sich absolut sind, Geschlossenheit gewähren, das Reinste vom Reinen. Reines Glück, reines Unglück – ohne tückische Querverbindungen, durch die alles in Zweifel gerät. Der Zweifel! Nun ja, man hatte es interessant haben wollen, und da hatte es jemand riskiert, zurückzudenken, um seine Entwicklung abzuschätzen. Natürlich war das nicht einer der erfrischendsten Einblicke gewesen, und pfiffig war ›ich werde streben‹ ausgeklügelt worden.
Ein nettes Erbe.
Ich habe mich im Hotelzimmer zum Ausgehen zurechtgemacht. Eine einzige Frau hätte ich jetzt lieben mögen, eine Frau, die jetzt nicht da war.
Schade, ich schaute mich vor dem Schrank um; sie lag nicht auf meinem Bett. Eine sehr wache, fatalistische Frau ist sie, zu selbständig, um noch für Emanzipation zu plädieren. Natürlich hätte ich mit ihr an einer der winzigen Bahnstationen aussteigen können, um dort, wir beide nur mit Verben im Präsens, »ich liebe dich«, »wir wandern los« zu sagen. Oder zu sagen: »laß mich schlafen, ich bin müde«. Und alles ohne Fragen und Erläu-

terungen, weil gestern und die nächsten Stunden etwas anderes sind.
Ja, Serge in Paris, er lebt mit dieser Frau. Anne. Atheisten sind sie, ungläubig speziell gegenüber allen Planungen. Ein Streit bei ihnen war immer eine Farce. Die Sache mit dem Schlafen bei geöffneten Fenstern ... Serge war es zu warm, Anne zu kalt und zu laut. Sie zitterte, er fühlte sich wie im Verlies. »Mach zu.« »Mach auf!« – ein Stündchen mit wilder Argumentation. Dann hatten sie das Reden satt. Anne machte die Fenster zu. Serge stöhnte zwei- bis dreimal und entdeckte, daß er schließlich doch bei geschlossenen Fenstern atmen konnte.
Mit lästiger Hartnäckigkeit schien mir zwischendurch immer wieder El Grecos ›Gewandabnahme‹ in Erinnerung kommen zu wollen. Mit lauter Stimme redete ich dagegen an. »Ah ja, die französischen Fatalisten«, sagte ich. Einmal war ich in Paris gewesen, zu Ostern, und mußte gleich danach nach Stralsund fahren, wo eine Tante Gertrud gestorben war. Ab Grenzübergang DDR habe ich nicht gewußt, ob ich lachen oder in den nächsten Retourzug einsteigen sollte. Serge hätte den Zug genommen. Nun, ich bin weitergefahren, ich habe Tante Gertrud beerdigt und mich während des Leichenschmauses – dieser Festivität, die verhindert, Leiden vorheucheln zu müssen – mit meiner kommunistischen Kusine herumgeschlagen. Unter ihrer Wucht von Ideologie hätte ein Bohemien wie Serge in die Knie gehen müssen, aber ein Bohemien wie Serge hätte ohne weiteres nur die Achseln gezuckt. Mich frappierte es dagegen bereits genug, daß sie Henry Miller nicht einmal dem Namen nach kannte, wo sie doch selbst Poetin beim Stralsunder ›Pionier-Expreß‹ war und man auf dem dortigen FDJ-Festival ihren Song mit dem markanten Refrain:
›Wie die Komsomolzen, hau'n wir auf den Bolzen,
feste, feste, feste alle Mann‹
bejubelt hatte.

Diese siebzehnjährige Beate hat mir nun das Thema ›Freiheit‹ aufgetischt, und nur weil ich nicht in Paris geblieben war, mußte ich jetzt mit dem FDJ-Edelfräulein, einer Art ›Eiserner Jungfrau‹, den Nahostkonflikt in der Form eines eifersüchtigen Hickhacks durchstehen. Als ob so der Weg zum Glück aussähe!
Halbtot hat sie mich diskutiert. Bei ihr gab es keine Doktrinlücke. Dauernd »das ZK der SED«, »unsere sowjetischen Brüder« und, so wie die Hellenen vom Olymp sprachen: »Der Genosse Breschnjew …«. Alles in ihr war mit deutscher Exaktheit angelegt. Beate ist kein Mädchen, sie ist ein bitteres Plakat. Wie sie schon ins Zimmer trat, wie knapp sie mir, dem ›Westler‹, aus der Ferne zunickte und mich eine halbe Stunde lang so wahrnahm wie einen ausgeglimmten Zigarettenstummel! Aber Abneigung fesselt, und schließlich saßen wir uns in zwei alten Sesseln gegenüber: »Nicht für geschenkt würde ich in die BRD fahren wollen.« So fing sie an. Unter vergilbten Fotos unserer verstorbenen gemeinsamen Verwandtschaft hat die Kusine wechselweise mit ›Neues Deutschland‹-Leitartikeln triumphiert, oder kosmoliberal den Geist aufgegeben. Leider, sie bemerkte es nicht, leider, ihre Sicherheit, die war die hermetischste, die ich jemals kennengelernt habe. Eine Tortur ist es gewesen – und so erschreckend –, damals, diese zwei Tage im ideologisch begrabenen Stralsund. Sehr anders als in Paris. Nie habe ich den Eiffelturm begehrlicher vor Augen gehabt als dort an der Ostsee, wo das gedrillte Staatskind mich mit maßlosen Fakten und Zahlenkolonnen über unsere Arbeitslosenquote traktiert hat und ich ihr unser bißchen mehr an Laisser-faire präsentieren mußte. Aber wie soll man Spielraum, das eben nicht Eindeutige, überzeugend machen. Mein schaukelndes Sprechen gegen ihr Waffeleisen aus Parolen. Die Kleine ist sehr hübsch. Ich hätte ihr gern die großen Vorrechte der Schönheiten gewünscht, die Champs-Elysées oder einen frivolen Franzosen, der auf die Weltrevolution scheißt und mit seinen Küssen

alle Grenzen zusammensinken und die Minenfelder aus Scham über ihre Plumpheit explodieren läßt.
Aber sie hatte ja auch gegen die Französische Republik gewettert und wäre gern samt Mecklenburg an die westliche Ukraine angeschlossen worden. Das dazwischenliegende Polen war ihr ein undurchschaubar slawisch unpräziser Zivilistenstaat, wo das Absurde Theater florierte. Bei ihrer Aburteilung Frankreichs – Weinfestivität und Saint-Laurent-Kleider inbegriffen, selbst wenn man sie nur vom Hörensagen kennt – habe ich ihr fast eine Ohrfeige gegeben. Hätte sie ein passendes Bügeleisen gehabt, hätte sie sich die ganze Welt zurechtgebügelt.
Bei alldem sah sie tatsächlich glücklich aus. Diese Art Preußen nennen sich stolz SEDler und zetern präpotent in ihrem Stacheldrahtgehege. Ihre geruchsimmune Forschheit hat mich zur Weißglut gebracht.
Und wie tückisch sie formulierte: mehr in Vergangenheit und in Zukunft, weniger im sozialistischen Präsens, setzte sie ihre Programmpunkte gegen mein Wissen um die Zwischentöne und Mißklänge: »Lenin hat vorausgesagt … Honecker gibt gewisse Mängel zu … Die Welt wird unser …« Ich habe meine kleinen, unpräzisen Freuden zu einer Lebensphilosophie vertiefen müssen. Eher ließ sie nicht locker. Eine Quälerei! Mein kurzzeitiger Triumph war die Sentenz gewesen: »Wir haben bei uns keinen Zustand, wir haben Bewegungen.« Immerhin hat die kleine Beate auf einmal innegehalten. Wie konnte sie auch beurteilen, was ›Bewegung‹ im Plural meint, was es heißt, nicht zur Gläubigkeit hingeführt worden zu sein, was es bedeutet, seinen Berufsweg selbst erkennen zu müssen, bei Beckett-Lektüre betroffen zu sein. Der steht in Stralsund der Sicherheit halber nicht auf dem Spielplan.
In Frankreich haben sie auch keine Utopie und fummeln sich in die Zukunft. Das ist alte Spielcasino-Ideologie, also meine sicherlich. Man muß ein Könner werden. Ich bestehe darauf, es, mit ein

bißchen Courage, einen Lustgewinn zu nennen. Ohne diese Courage – es hieße Zerfall. Und das käme meiner Einheits-Kusine gerade recht. Aber nicht mit mir – auch ich habe einen Willen. Zum Schluß sagte sie: »Nun, wenn es dir nichts ausmacht, könntest du mir diesen Archipel Gulag ja einmal schicken?« Was für ein Tauwetter.

Nun, sechs Monate später habe ich in einem Pariser Tunesier-Lokal einen Vortrag über innerdeutsche Nichtverständigung gehalten. Aber das geschah nach einem Couscous und ging wohl mit den nassen Honigfladen unter. Man darf es weder Serge noch Anne ankreiden. Es ist erfrischend, wie sie Belastung ignorieren können und vom Kommunismus à la carte soviétique ernsthaft nichts mit in ihre Wohnung nehmen.

Die Stralsunder Tafelrunde ist unbefriedigend zu Ende gegangen – mit Verwandtschaftsküßchen, aber bei den Verhältnissen hätte man sich ebensogut eine Handgranate in den Mund schieben können.

Wie einen Hagelschauer habe ich die ›Brüder und Schwestern‹ hinter mir gelassen und an der Grenze dreimal durchgeatmet und dann mit einem innerlichen Winken Bremen einen bewegten Abend gewünscht.

Allerdings, die Passanten am Hauptbahnhof versagten vor meiner schwungvollen Begrüßung. Es ärgerte mich, daß sie nicht wußten, wo sie leben, was sie eventuell noch für Chancen haben. Ich sah nur Leute, die durch Autolawinen hindurch flüchteten, um mit heiler Haut das Bett, die Kneipe oder ein meistens mit Sexplunder aus dem Allgäu versorgtes Kino zu erreichen.

Die französischen Fatalisten – ich habe die Vorstellung von einem auserwählten Trüppchen. Bei Serge und Anne ist immer Nonchalance im Spiel. Niemals bin ich widerwilliger als nach Aufenthalten in Paris ins Bremer Leben heimgekehrt. Was ›Pariser Leben‹ beinhaltet, ist definiert. Das ist ein blendendes Zeichen für diese Stadt. Man lernt dort in einer Art prickelnder Unterwanderung, daß man Aktuelles weiterfließen lassen kann. Eine Schule zur Extravaganz von Launen. Es ist ein Genuß, sie freigelegt zu bekommen.

Als ich mir vor knapp einer Stunde das Sakko über die Schultern hängte, war ich dankbar, an seinem modischen Schnitt Gefallen finden zu können.

Ich steckte mir Peseten in die Tasche. »Peseten« – ich mußte lachen. Die Spanier wissen nicht, wie es für mich klingt: Piratenmünze. »Ich hab' Peseten.« Deswegen grinste ich sogar den Portier noch an: er verdient »Peseten, er hat Peseten«, der Ahnungslose.

Mit einiger Mühe fand ich unter den Arkaden der Plaza Mayor diesen Rohrstuhl, wo ich jetzt meine abgestrampelten Beine von mir strecke und mir das Glas mit einem kühlen Weißwein an die Wange drücke.

Die Idee eines ›Punktuellen Lebens‹ manifestiert sich verlockend in mir. Es ist angenehm. In Zukunft sollte ich nur noch Filme über sehr geschlossene Sachthemen in Angriff nehmen. Bei einem Film über Islands Heißwasserquellen und ihre Gesundheitseffekte werde ich mit meiner kuriosen Ethik meisterhaft zurechtkommen.

Anne müßte mich jetzt unterhalten, Serge müßte einen Nachtclub vorschlagen. Ich bin noch nicht müde, ich werde hier sitzen bleiben, bis sich die Flanierenden zerstreut haben werden. Es kann meinetwegen spät werden, meinetwegen drei Uhr. Jetzt wimmelt es noch. Spanisch kommt mir zur Zeit wie ein Geschnatter vor. Ich staune über die Anzahl der Menschen. Staunen und nicht mehr staunen, das teilt die Lebenshälften. Ich staune über die bloße Zahl dieser spanischen Lebewesen, habe den nicht überraschenden Gedanken an jede Geschichte eines jeden – und bin verwundert. Erleichtert bin ich auch; ich habe befürchtet, daß Toledo das letzte gewesen sein könnte, das mich überwältigt. Nein, im Moment, trotz aller Einsichten, überwältigt mich sogar

der Weg, das Entstehen des Weines, der in meinem Glas ist. Ich bräuchte vier Jahre meines Lebens, um sein vierjähriges Werden zu würdigen. So würdige ich das Nur-Geahnte, bin einen Moment bei den Weinbauern, sehe eine mächtige Weinpresse, sehe in einem Felskeller eine Galerie dickbäuchiger, numerierter Weinfässer, habe kurz die Finger in der Erde Andalusiens und genieße die weißgrüne Farbe des Weines, im Dunkeln zu etwas geworden, was nun mich, Reisenden aus Bremen an der Weser – wer weiß hier etwas von meiner Weser –, erfreut. Ich könnte so fortfahren, könnte jeden Arkadenbogen fixieren; jeder würde skurriler, phantastischer werden. Das weiß ich, ich brauche es nicht auszuprobieren. Ich weiß, daß ›La vida sueño‹, daß das Leben ein Traum sein könnte. Manchmal werde ich mir dieses Gedankens bewußt. Er verändert alles. Ich liebe das. Es ist das Zeichen dafür, daß ich frei bin und alles frei ist. Es ist wie eine ganz starke Böe, die mir in die Segel fährt. Mit ihr geht es weiter. Ich könnte mir einen Stundenplan machen: Von 18 Uhr bis 18 Uhr 15 daran denken, daß alles anders ist, als ich es momentan wahrnehme, auch ganz andere Gewichtigkeiten, Zusammenhänge hat, von denen ich nicht den Funken einer Idee habe, daß es Turnübung ist, die ich in allem Ernst Ernsthaftigkeit nenne …
Fünfzehn Minuten pro Tag diesen Gedanken, und ich würde souverän werden wie ein Flaschengeist.
Hoffentlich werde ich die Idee mit diesem Stundenplan nicht wieder vergessen. Man muß für sich das Leben zur Reise deklarieren, zur Kreuzfahrt eines munteren Kriegsblinden-Vereins, weg von den Ufern. Ich sollte akzeptieren lernen, daß ich nicht wissen kann, was meine Schuldigkeit ist.
Ja, ich habe ein schlechtes Gewissen jenen gegenüber, die sich ihr eigenes und anderer Leben zur aufreibenden Aufgabe gemacht haben.
Jetzt weiß ich keine Entschuldigung für mich und für mein Laisser-faire?

»Momentito por favor.«
»Ja. Sí.«
Ich spiele ja nur, der übliche, gesamte Ernst wird bleiben – sicherlich!

9

Dieses Nachdenken, Grübeln, Erwägen hin und her im Zickzack. Aber, vor lauter Herausforderung bin ich fast außergewöhnlich heiter. Man muß die Ungelöstheiten als Lebensinhalt und nur sehr bewußt akzeptieren und wissen, daß nichts zu lösen, abzuschütteln ist, und vor Groteskheit kann man ganz innig heiter werden. Einfach alles salopp benennen. Man hat doch ein verworrenes Reich aus allen Bewegungen der Erdgeschichte in sich, verknotet und sich untereinander begattend, daß es manische Befruchtung ist. Wenn das nicht die Herrlichkeit ist. Man muß dazu Ja sagen. Ist etwas herrlicher als Bremen? Es hat Geheimgänge, Fallgruben von früh bis spät. Bremen und ich, wir liegen im Krieg, und die Mobilmachung ist noch längst nicht beendet. Meine Wachheit, meine Möglichkeiten, das erst Ausgesäte. Es soll tolle Blüten treiben.
Schade, dort werde ich diese Überlegung vergessen haben und das Drangsalieren wird wieder das alte sein.
Ich kann nur hoffen, in Toledo etwas gereift zu sein.
Dieses Nachdenken; ich habe mich überstrapaziert. Ich hätte jetzt wirklich gerne eine Pause im Kopf. Die südeuropäischen Gesten, die Geschwindigkeit der Kellner, die Gruppen, die vor den Tischen sich immer mehr zu erzählen und zu schnattern haben,

beginnen an meinen Nerven zu sägen. Das täte gut: Ein heftiger Regenguß müßte über den Platz niedergehen, die Köpfe beruhigen, das Aufprallen dämpfen, das Mitteilen-Wollen löschen, dann für Stunden die Luft milde gesäubert halten und stille Monotonie in die Gedanken und Triebe legen. Die Indio-Gruppe aus der U-Bahn-Station, Handtrommel, fünf Panflöten, ich gehe.
»Zahlen bitte.«
Ich gehe auf mein Zimmer. Hier macht keiner Spektakel und – wie gut: weiße Wände, ein nackter Steinfußboden und nur zwei schwache Lämplein unter der Decke. Ich habe noch Früchte, eine Flasche Jerez, besten Sherry, den ich mit nach Bremen nehmen wollte. Ich werde ein Gläschen trinken und etwas fernsehen. Zum Programmschluß gibt es eine nette Doris-Day-Komödie mit Untertiteln.
Ich sitze vor dem Fernsehapparat, im bequemen Hotel-Bademantel, dessen Stoff weich und so angenehm ist. Auf dem Teller neben mir liegen Feigen, eine aufgeschnittene Melone. In meiner Hand halte ich eine Chesterfield – kein spanisches Kraut. Das Sherryaroma zieht mir bis in die Nase. Ich denke, mit wieviel intimen Fäden ich und die Welt zu einem Zusammenwirken verbunden sind. Ich habe kreativ über ihre Erscheinungen reflektiert, einiges gelernt, nichts gelöst, und es war sehr reizvoll. Sie und ich, wir bewegen uns, aber wir lassen keine Stille zwischen uns treten. Sie ist meine launische Mutter und hat mich zur Laune erzogen. Ich darf in ihrem Schoß spielen und meinen Tag mit Doris Day ausklingen lassen. Ich werde immer mit irgend etwas beschäftigt. Nein, Leere gab es noch nicht, keine Hohlräume, in denen mein sicherlich überflüssiges Leben zu einem Leben ohne Sinn wurde. Immer war Bereicherung. Es war Akrobatik. Es war nie Totenstille nach Zirkusschluß. Ich habe immer Zugang zu Seelen gehabt, zu denen von Menschen, von Schneemännern und Steinen.
Das Glas Jerez ist leer. Ich schmunzle: Doris Day ist mit ihrem Wagen in eine Autowaschanlage geraten. Natürlich sind Fenster

und Schiebedach sperrangelweit geöffnet. Seifenschaum, Polierwalzen, Heißwasserdüsen, die flotte Ausgehfrisur nur noch ein Dutzend platte Strähnen, das lange Abendkleid zum Minirock eingelaufen. Am Lenkrad sitzt die Gute starr im warmen Wasser und kreischt dann und wann ein gellendes »Ah!« Jetzt, eine Schaumflade voll ins Gesicht. Die Day stöhnt erledigt nur noch »Aah!«

Ich schenke mir schnell noch ein Glas ein, um die gemütliche Ruhe wiederherzustellen.

Dann habe ich alles wieder beisammen: bequemer Sessel, Sherrygeschmack im Mund und der amerikanische Zigarettenrauch, die Füße auf dem Tisch.

Ich halte im Rauchen inne. Die erste Gemütlichkeit ist es nicht mehr, was jetzt da ist. Ein Stückchen Melone, ein Zug vom Tabak – es ist anders. Sofort weiß ich, daß der neue Zustand kälter ist. »Etwas Übles!« Da habe ich es gesagt! Es setzt sich etwas Übles neben mich. Ich schmecke den Melonensaft. Ich bin so töricht und will den Gedanken an die Schöpfung wiederholen. Ich beiße in die Melone. Die Süße des Fruchtfleisches bleibt bloße Zuckrigkeit.

Ja, ich lache auf. Ich hole innerlich Schwung. Ich stelle den Ton lauter, obgleich sicher ist, daß ich damit nichts ausrichten kann. Die Stimme von Doris Day, die komisch sein will, ist nur kreischender.

Mit perfekter Schauspielkunst gähne ich vor mich hin und überlege rasant, was zu tun ist, um dieser …um die Stille ins Weite zu jagen. Der heitere Film – ich will amüsiert sein. Die Day ist auf dem alten Zelluloid völlig albern. Ihre Spleenigkeit bleibt immer mehr im Fernsehapparat stecken. Wie plötzlich versteinert, nehme ich die Tricks zur Lustigkeit minutiös wahr. Ich erkenne die Gags. Ich fühle, daß man mich damit einfangen will. Man fängt mich aber jetzt nicht ein. Der Faden droht zu reißen, mit dem die Day und ich in gewohnten Regeln zur Unterhaltung ver-

knüpft sind. Was gestikuliert sie nur so fern und aufdringlich? Die Masche zieht nicht. Ich gerate in Distanz. Ich denke, daß ich illusioniert sein will. Ich denke es zu absichtsvoll.
Ein Gedanke an den El-Retiro-Park verheddert sich in seiner Erzwungenheit. Ein Gleiten bereitet sich vor.
Ich ahne, daß das Üble mächtiger wird als meine Energie, Bedeutungen zu empfinden. Die Bedeutungen ziehen sich zurück.
Ich stehe kurz auf. Ich erkenne die Nervosität in mir und sitze auch schon wieder.
Wie ein Blutsturz ist das.
Ich bohre meine Blicke in Doris Day, die ihr Liedchen 1965 in Hollywood gesungen hat. Ist sie nicht sogar schon tot? Macht eine Tote dort ihre Gags mit 24 Bildern in der Sekunde, die eine scheinbare Bewegung herstellen?
Unbeweglich sitze ich zwischen den Sessellehnen, höre die tote Doris Day auf mich einsingen und warte eine, zwei Minuten auf eine Lockerung. Ich habe Pech. Sie kommt nicht zustande. Ich sage: »Ja, das gehört auch zum Spiel zwischen mir und der Welt. Die Funkstille.«
Die Feststellung nützt gar nichts.
Ich habe den Gedanken, das Zimmer zu lüften, mich sofort ins Bett zu legen. Aber – dort ist mehr zu fürchten als zu hoffen. Über dem Bett nistet die Stille am ehesten, über der Bettdecke: im Dunkeln könnte mich das Üble mir selbst sogar zu einem Fremdkörper machen.
Schon jetzt: Ich bin mir ein Gewebe-Sack mit elektrischen Impulsen im Hirn, die meine Kiefer bewegen. Dieser Zustand stellt sich mir jetzt deutlich dar, er gibt mir jedoch nicht die Chance, mich fallen zu lassen.
»Ich falle. Es ist eine Stunde, in der keine Seelen vorhanden sind.«
Ins Bett! Ich werde es dort vor mich hinsagen: »Ich falle, momentan«.

Ja, vielleicht wäre das die Heilmethode? Sich formulierend der Übelkeit stellen, wo sie am hemmungslosesten zupacken kann – in der dünnen Bettwäsche eines spanischen Hotels.
Nein, ich habe keine Kräfte gegen sie.
Eine Krise?
Wieso? Es kann gar keine Krise sein. Nichts um mich herum ist verändert. Ich konzentriere mich zu sehr darauf, von irgendwelchen Ideen lückenlos ausgehalten zu werden. Das kann ja nicht ständig funktionieren. Ich habe einen Tag gehabt, für den ich dankbar bin.
Dieser Tag tut aber nichts für mich. Er bleibt in seinen Momenten hocken. Ich blicke mich um.
»Es ist keine Krise da,« sage ich laut.
Nun hockt sie überall, sie legt sich über die Feigen, sie nimmt mir den Sherry. Ich kann gar nichts genießen, gar nichts mehr anrühren.
Eine gute Idee: etwas Anspruchsvolles, etwas für den Geist aufnehmen. Ihn anregen lassen. Den Fernseher ausstellen.
Aus dem Koffer ziehe ich illusionslos mein Lieblingsbuch. Nein, ich lasse es nicht gelten. Ich lasse es fünf Minuten lang nicht gelten, daß nicht ein guter Satz zu mir überspringt. Er bleibt So-dahin-Gesagtes.
Ein neuer Sieg über mich – mein Elend drängt bis an meinen Kern heran. Ich muß das Buch weglegen. Dabei nehme ich meine Hand als Fremdkörper wahr, als einen nur biologischen Organismus. Ich weiß nicht, wo ich die Hand hintun soll. Ungeschickt stoße ich mich an der Tischplatte.
Ich spähe nach Beschäftigung umher. Das Trinken ist nicht mehr duldbar.
Ich finde mich plötzlich mitten im Raum auf einem Stuhl sitzen. Alles nimmt eine Dinglichkeit an, die mich befremdet: das Fernsehgerät mit der toten, immer noch dahinplappernden, seelenlosen Doris Day; die Lampe wird zur pfiffigen Erfindung, die

Früchte sind ohne den Beweis der Schöpfung. Auch die engen Wände werden zur Stille. Steine in Madrid. Sie verpönen meinen Bedarf an Kontakt, meine Gier nach Berührung.

Alles wächst zur Hürde an. Der Stuhl drückt, ganz gleich, wie ich auf ihm sitze.

Ist jetzt mein Ausweichen noch möglich? Ich schlage auf mein Knie unterm Bademantel.

Ich will mich selbst gerne als einen sinnlosen Menschen bezeichnen. Ich tue es. Ich verzichte auf jede Zielsetzung. Es wirkt nicht. Warum soll ich jetzt wieder vor Angst schlucken.

»Scheiß Gott«, sage ich. Es hilft nicht.

Ich ziehe mich hastig an. In den Cafés ist es lebendig. Ich werde mich bei Bewegung erholen.

Wozu gehe ich hinaus? Ich weiß von meinem Vorsatz, abgelenkt werden zu wollen, in eine sich selbstverständliche Gemeinschaft zu kommen, dort sein zu wollen, wo Kulissen meine Entblößung verbergen sollen.

Unten ist die Bar noch geöffnet. Eine schöne Frau hält mir die Tür auf. Ich will die Attraktivität ihrer Figur bewundern. Ich komme erst gar nicht dazu. Die nächtliche Hektik der Bar reflektiert sich in Spiegeln und blankem Chrom. Es schreit alles vor Mitteilung. Die mit Pomade geglätteten Haare vieler Männer um die Vierzig spiegeln sich breit verzogen in den bunten Likörflaschen. In einem Grill dreht sich eine Stange mit aufgespießten Hühnern. Das Öl trieft ihnen von den rhythmisch schlenkernden Beinstümpfen.

Ich trete auf weggeworfene Hühnerknochen, die im Sägemehl auf dem gekachelten Boden zerknacken. »Gefressene Vogeltiere«.

Alles flaniert, alles. Ein Hornissennest. Die Bar ist ein solcher Plunder aus Gelacktheit. Es drückt mich zur Tür hinaus. Draußen ein Jungmänner-Schwarm, geil, vital und direkt.

»Bleibt denn hier niemand zu Hause?« sage ich auf deutsch in sie hinein: »Immer tun und machen und reden?«

Fast alle Fenster zur Straße sind weit geöffnet. Der Nachrichtensprecher zischt sein »Valencia« gleich dreißigfach in das Gezisch der Espresso-Maschinen und in die Luftverschmutzung, die sichtbar bis zum dritten Stockwerk hinauf steht.
Selbst die Küchen liegen offen da. In ihnen wird noch gekocht und gegessen. Dieser Hühnerhof, diese Fremde.
Rasch geht es nun mit der Bedrängnis. Sie nimmt mir die Chance, wenigstens noch zuzusehen. Ich konnte doch gerade noch erbost sein? Nicht mehr! »Was ist? Was ist?« sage ich, »ich will nicht verlassen sein!«
Ich eile ins Hotel zurück.
In den Hotelkorridoren ist es zu still. Ich hätte in der Straße bleiben sollen.
Was ist der Grund für diese Nacht?
Ich denke zurück – zu hastig.
Wäre ich doch der unkomplizierte Mensch von früher. Der Blick zurück: ich seh' alles verfälscht.
Eilig schließe ich die Tür auf.
Dumpfer und enger ist es nun hier, als ich zu fürchten den Mut gehabt habe.
Nur schnell Licht.
Die gemusterten Bodenfliesen glänzen.
Fernseher an, Fernseher aus.
Es ist vollendet. Ich habe mit nichts mehr etwas zu tun. Ich bin wehrlos. Nur noch so, sinnlos, halte ich die Zeitung in der Hand. Mein Unglück – es ist, als käme es und umklammere mich körperlich. Kopfweh. Wird es Sodbrennen im Magen? Welche Reize funktionieren noch? Ich finde nichts mehr, was meine Hand berührt und was nicht gleichzeitig entleert wird.
Blockiert hockt die Welt um mich herum. Nichts als ich, und allein. Was soll ich diese Nacht mit mir tun? Es ist nicht auszuhalten; in nichts bin ich eingegliedert. Nicht eine einzige Sicherheit bewahrt mich. Ich ertrag' das nicht. Ich fühle mich so

schmutzig. Immer ein wenig schmutzig, jetzt ganz und gar. Ein unnötiger Schmutz – ich. Immer fadenscheinig – ich. Ein Dahin-Wurstler; jeder Tag ein laues Gehabe. Verschüttet, ich ersticke. Nie etwas, irgend etwas bewältigt.

Schlußmachen? Du lieber Gedanke. Ich sollte. Das ist doch schon seit einer halben Stunde der einzige Gedanke. Soll ich mich denn immer und immer wieder winden, als hätte ich nie etwas erreicht. Totsein – auch das verführt mich nicht.

Bier! Trinken! Sherry wirkt eher. Leute, die sich besaufen! Na und? Im Barkasten mit Kunstblumen drauf stehen genug Flaschen. Was die Flaschen für kühle Hälse haben, die »Flaschen«, »Fla-schen«. Nein, stell sie weg. Alkohol sprengt alles, macht mächtig – meistens die Angst! Was soll ich tun? Warum solch eine Existenz? So schuldig hab' ich mich doch gar nicht gemacht, nein, so schuldig nicht. O Gott, ist es nie genug mit deiner Quälerei. Du idiotisches Monstrum.

Gleich einen Schluck aus der Flasche. Ja, so, einen großen Schluck. Das brennt in den Magen hinunter. Ins Brot beißen. Der Magen ist schon vollgestopft. Es ekelt mich. Stell sie weg, die Pulle. Weg, das Zeug, weg. Zum Leben zurück. Wie? Ich schrei' mich schon an. Bin ich irrsinnig? Da, ich hab' mit dem Kuli gemalt? Gerad' eben. Wieso hab' ich gemalt? Egal, so, noch einen Kreis, jetzt Kreise, Kreise malen, immer größere Kreise, so und noch einmal so – Krei-se-und-Krei-se-runde-Kreise-runde-und-Kreisundse-Krei-Krei-undse-Krei, und noch einmal -Krei-eis-ei-sss-rund-und-d-d-o Gott! Rette mich. Was muß ich denn tun?

10

Ich bin vom Hotelschreibtisch aufgesprungen. Etwas anderes anziehen! Bin ich denn Dreck!
Ich machte im Badezimmer Licht. Ich knipste die Bettlampe an. Das Fenster riß ich auf. Mich waschen!
Das Badezimmer duftete teuer, nach meiner Seife. In die Badewanne ließ ich das heiße Wasser ein. Frische Socken, ein frisches Hemd legte ich auf dem Klosettdeckel bereit. Schaumbad ins dampfende Badewasser, die Kleider meiner kaputten Zeit im hohen Bogen auf den Fußboden.
Zwei Hände nahm ich voll Schaum und drückte ihn mir ins Gesicht. Kastanienduft!
Die Schaumbläschen knisterten in den Ohren. Das Wasser war kochend heiß. Mit einem leisen Schrei ließ ich mich hineinsinken. Den Kopf steckte ich in die Schaumfladen. Es brannte auf der Haut. Das Wasser lief aus den Haarsträhnen in warmen Fäden über das Gesicht, kosend. Meine Handflächen legte ich mir aufs Gesicht, ließ sie meinen Hals umgreifen, gleitend weiter, spürte mit ihnen die Muskeln der Brust, kniff in die Brustwarzen, gleitend weiter. Das Herz pochte im Takt unter der linken Handfläche, ehe sie weiterglitt, über die Senke des Brustkorbs auf die Fläche des Bauches. Ich hob die Beine an. Die Bauchmuskeln spannten sich. Ich kniff mit allen Fingern hinein, gleitend, glitt an die Hüften und griff ihre Schmalheit, ehe ich meine Fingerspitzen die straff mit Haut überspannten Beckenknochen und das oberste Schamhaar entdecken ließ. Ich drückte das Becken empor. Die Bewegung, die das Leben mit schreiender Lust markiert hat. Das Geschlecht ragte schaumbedeckt aus dem Wasser meinen Augen entgegen. Ich schaukelte mit den Lenden, wippte, daß das Wasser aus der Wanne klatschte. »Du Mann«, sagte ich und ließ die Hand zugreifen, daß ich sie prallvoll von meiner Männlichkeit spürte. Das Glied regte

sich und wuchs aus meiner runden Hand empor. Ich legte mich ins Wasser zurück. Die spielenden Fingerkuppen kreisten durchs Haar, auf der Haut den köstlichen Weg der inneren Schenkel bis an die Knie hinunter, deren Gelenke ich spielen ließ. Das rechte Bein streckte ich heraus. Von den Zehen fielen mir die glitzernden Tropfen auf die Schulter. In den Härchen der Wade, des Schenkels flimmerte das Wasser als zarter Film. Ich beugte mich vor, die gebräunte Haut zu küssen. Ich biß in sie hinein.
Ich sprang aus der Wanne, stellte mich triefend vor den Spiegel, strich langsam und mit beiden Händen das naß glänzende Haar hinter die Ohren, stemmte die Hände in die Hüften. Blieb stehen, und die Handflächen glitten überrascht und sehr lange über den Körper, bis er wieder kostbar und sich seiner Kraft ganz sicher war. »Du bist ein Mann«, sagte ich, »du wirst begehren und es wird alles voll Energie sein – im Orgasmus, dann, wo man denjenigen erstechen müßte, der dich von der Begattung abhalten wollte, abstechen, daß dein Geschlecht sich erfüllen kann mit schneeweißem Samen, der dir aus der Seele und allen Fasern herausstößt und alles fließen läßt, was man überhaupt Welt und Mensch und Gott nennt.«
Ich setzte mich auf einen Stuhl, schlug die nackten Beine übereinander, hielt mit einer Hand die Zigarette, in der anderen mein Glied und dachte ..., daß ich herrlich bin.
Das war die gestrige Nacht. Das war noch in Madrid. Mit großer Lust auf Paris habe ich so gegen 5 Uhr früh meinen Koffer gepackt. Ich hatte meine bizarren spanischen Kalamitäten satt. Mit diesem Land kann ich nicht so recht umgehen. Ich bin wohl nicht der Typ, mich zwischen unnahbaren Leuten wohl zu fühlen. Wenn ich tatsächlich noch einen Film über sie machen wollte, dann würde ich mir zuvor das Nötige in Bremen, aus sicherer Entfernung, anlesen, einen Filter aus 2000 Kilometern zwischen sie und mich schieben. Nein, fürs erste ist das Kapitel Spanien beendet. Was ich dringendst brauche, das sind ein paar vitale, aber salopp-vitale Tage. Die latenten Leidenschaften der Spanier –

beeindruckend, aber ich hätte sie jetzt lieber offen. Keine hinter Religion und Stolz und Angst glühende Erotik. Ruhig ein wenig schlüpfrig, meinetwegen lasziv, aber zumindest locker und lockernd. Mir ist sehr danach. Und da Paris auf der Strecke liegt! Ein glücklicher, sexueller Coup. Der brachte bei mir noch immer alles wieder ins Lot. Und das in Paris, meinem Ferienterrain, wo keine Pflichtgefühle meinen Genuß stören.
Die unauffällige Beau Monde der Ile-Saint-Louis. Wenn sie an Sommerabenden zum Picknick ans Seineufer gehen, sehen sie, daß die Kuppel des Panthéon elegant ist. Flußabwärts sehen sie das Spitzennest von Notre-Dame. Es ist bis zur Koketterie ziseliert. Bis vier Uhr früh ist der Strich auf dem Square hinter dem Chor der Kathedrale ein Kreuzzugs-Areal. Der schlichte Rechtsbegriff: Recht ist, was gefällt.
Juliette und Michel wachen nun zum dritten Mal im andalusischen Gemäuer auf. Hat sich ihr Einsiedlerexperiment schon etwas abgenutzt? Fragt sich Juliette beim Aufwachen, welches T-Shirt sie heute anziehen wird? Überflüssig. Ihr Kleidungsgeschmack hat dort kein Publikum. Und heute werden sie den dritten ruhigen Abend verbringen. Nur die Zikaden zirpen ein Konzert daher. Es wird mir ganz plümerant, wenn ich daran denke, daß die fruchtbare Ruhe nach drei Tagen zur Einöde in Andalusien wird, daß einem das Blut vor lauter Gefühl, etwas zu verpassen, in den Adern stocken bleibt. Gräßlich – nachts nur die Geckos an den Hauswänden zu sehen. Juliette wird verzweifelt sein – was soll sie Tag für Tag mit sich und Michel anfangen.
Ich könnte gar nicht heiraten. Mich interessieren die Frauen viel zu sehr.
Die Kirche am Boulevard Saint-Germain – sie dient festlichen Konzerten. Barenboim, Oistrach, English Chamber Orchestra. Was ansonsten eine Kirche dort auch sollte, ist unklar. Gegen 23 Uhr treten die letzten Konzertbesucher aus dem Portal und können für vielleicht fünf Minuten den Eindruck der letzten

Cembaloklänge festhalten. Dann stehen sie im Schwarm der Nachtfalter. Die Pariser Schickeria, die Mode der Rive Gauche oder die schlampigen Fetzen aus dem Billigkaufhaus Tati, die letztes Jahr der Hit waren, die Crêpe-Düfte der vorbeilaufenden Esser, das John-Cage-Konzert der Autohupen. Das Licht der Café-Veranden verleitet zur Suche nach einem Voyeur-Plätzchen, wobei man sich gefallen lassen darf, durch den Anzug hindurch angesehen zu werden. Meint man, einen Makel zu haben, so liegt die Rettung in bewährter Gelassenheit, mit der man die horrenden Preise für das Glas Kir oder Médoc überfliegt. Die wechselseitigen Musterungen: Hat er Vermögen, ein Chalet in Savoyen, oder ist das da sein einziges maßgeschneidertes Hemd? Liest der dort ›Le Monde‹ tatsächlich, oder verbirgt sich da ein verschüchterter Tourist aus der Vorstadt von Reykjavik? Ist die dort nicht Marlène Charell? Oder ist sie nicht überhaupt eher ein Mann? Kann ich sie dort am Nachbartisch reizen, oder ist sie frigide? Ich versuche es noch bis 23 Uhr 45. Danach soll sie meinetwegen unbehelligt auf ihre lesbische Freundin aus Uppsala warten.
Die Diagnose-Raster von Psychotherapeuten lassen sich vom Tresen ins Alltägliche erweitern.
Ich hoffe nur, daß Anne und Serge nicht verreist sind. Das Briefeschreiben ist von ihrer Seite aus eingeschlafen. In diesen Dingen sind sie faul. Aber wir telefonieren oft.
Seit der Abfahrt aus Madrid registriere ich die Landschaft, die Vegetation, die Architektur – mehr will ich damit nicht zu tun haben. Das gehört hier bereits alles zu Barcelona – Industrie- und Hafenstadt. Seit fast einer halben Stunde schon Barcelona. Es scheint, als wären hier zehn Millionen Menschen zusammengestopft und als wäre es erdrückend, in diesem Gebilde leben zu müssen. Barcelona, das ist trotz ›Süden‹ nicht der Süden, wie man ihn sich einbildet, es ist aber auch nicht wie Duisburg, das man als Umweltkatastrophe akzeptiert.
Um das Mittelmeer braucht man nun keine Angst mehr zu

haben. Öltanks, Zementfabriken, hundert Kilometer Strandwüste mit Müllhalden, wehenden Folien und vereinzelten Sonnenschirmen vor roségetünchten Hotels. ›Süden‹; ›Industrie‹ – ich werde zehn Jahre brauchen, um das mit Selbstverständlichkeit verbinden zu können. Die Gegend ist wie mit Scheiße durchgespült und Khaki- und Olivfarben sind hängengeblieben. Widerlich.

Ach, was tue ich denn, als hätte ich über Technik, Zivilisation und Fortschritt zu jammern. Das ist nur eine offiziöse Manie. Ich habe es satt, Gegenwartsflüche zu plappern, wobei es möglich ist, daß ich sie oft nur nachplappere. Noch auf einer Müllkippe wird es für mich ein Plätzchen geben, das angenehmer ist als andere – und noch dort werden also Zufriedenheit und Unzufriedenheit genau das absolute Maß haben wie schon im Lande Ur. Solange ich lebe, wird es noch immer den Ort geben, den ich bevorzuge. Warum jammern über den geschichteten Dreck von Barcelona? Was tut er mir denn? Ich habe die Kritik satt. Sie ist Getue. Mein Widerwille vor dem Barcelona-Geschwür ist manieriert und könnte von der … Wohmann stammen. Ich könnte hier leben. Die Prinzipien des Daseins werden noch in einer Raumstation die gleichen, ganz erfassenden sein. Die Beschwörung vergangener Stimmungen geschieht aus Trägheit, in überflüssiger Zeit, sie ist in jedem Fall eine dubiose Angelegenheit mit zersetzenden Effekten. Die Kritisiererei gewinnt schnell über die Kraft zum Neu-Sein die Oberhand. Ich habe keine innerliche Sympathie für Skepsis, keine Neigung, mir jeden Eindruck zersplittern zu lassen, keine Lust, ein Auswurf der Dialektik zu sein. Wenn man doch nur etwas für die Naivität tun könnte.

Ich will ein paar Jahre lang den Dreck Barcelonas so machtlos über mich sein lassen wie die Schönheit des Parks El Retiro. Es gibt für mich die Chance, auf die Ile-Saint-Louis zu reisen. Es ist legitim, daß ich es tue. Amüsieren will ich mich und lernen will ich zu nehmen, was sich bietet, ohne Verdruß.

Das Leiden an Gegenwart! Sentimentalität. Ich überlebe bis zu meinem Ende, über das ich nicht böse sein werde. – Soziales Engagement? Das wird sich finden. Das Gewissen wird sich rühren.

11

Links und rechts vom Zug stapelt sich jetzt Barcelonas Innenstadt auf, klotzig, behaglich wie ein Sofa auf einem Schuttberg! Gibt es hier noch Parteigänger des Caudillo?
Was man braucht, das ist ein elegantes Verhältnis zur Realität. Was bringt die flügellahme Seriosität ein? Ein Leben als Kartoffel auf der Gemüsereibe. – Das Aristokratische ist ganz abhanden gekommen: Ich habe zu sehr vergessen, daß ich es bin, der die Welt belebt. Wie Aristokraten gewesen sind, interessiert mich nicht, was ich mir darunter vorstelle, ist ›Eleganz‹.
Es ist an der Zeit, daß ich mir mein Spiel des Jahres 1975 vor Augen halte.
Ja, eine Geschichte von Eleganz, von Pathos, von der Fähigkeit zur Bewältigung lähmender Angriffe auf die seelische Substanz. Ein Film mit quasi barockem Inhalt – mit großer Geste, einer theatralischen, die der Wirklichkeit das Diktatorische nimmt. Theater hilft bewältigen.
Alles in Schwarz-Weiß. Wintermorgen gegen sechs Uhr früh. Paris. Von der Grand Opéra mit der Kamera langsam über die Fassaden auf ein einzelnes Fenster zwischen vielen uniformen Fenstern schwenken. Im vierten Stockwerk.
Dann durch die Scheiben in den Innenraum: Ein Schlafzimmer.

Bejahrtes Nußbaummobiliar. Atemgeräusch eines Schlafenden. Das Gesicht eines Mannes um die Sechzig. Zwei große Hände auf der Bettdecke. In einem Bild: das Zifferblatt des Weckers, 5 Uhr 35, und das Gesicht. Der Wecker rasselt. Nur das kleine Hämmerchen, das gegen die Glocke schlägt, ist im Bild. Der Wecker hat römische Leuchtziffern.
Der Mann wacht auf. Mit der ersten Empfindung des neuen Tages spürt Monsieur Janque, daß er Kopfweh hat. Er legt die rechte Hand auf die Stirn. Kopfschmerz. »Ich habe doch nicht geraucht, ich habe doch nicht getrunken.«
Er blickt in die Winkel der Stuckdecke hinauf.
Er kneift beim Aufstehen die Augen zusammen. Man sieht: er möchte sich in die Kissen zurückfallen lassen.
Er sieht seinen Anzug über der Stuhllehne. Er faßt nach der Krawatte, legt sie wieder hin. Wie eine unlenkbare Walze geht der nicht getane Tag über das Gesicht.
Er setzt sich auf den Bettrand zurück und schiebt die Hand über die Nachttischplatte.
Plötzlich werden im Schlafzimmer die ersten Takte der Marseillaise schief gesummt. Im Bild: nur die Hand, sie drückt auf den Knopf der Nachttischlampe. Dann läßt Monsieur Janque den Blick über den Teppich schweifen.
»Allons enfants de la Patrie«. Es ist kaum zu verstehen. Janques Lippen bewegen sich, er summt »Allons enfants«.
In der Kälte ist Janques Atem ein kondensierter Hauch.
Er sieht zum Spiegel des Kleiderschrankes hin: Und dort bewegen sich Menschen in vornehmer Tracht des 18. Jahrhunderts. Es ist das Lever des Herzogs von Choiseul, Minister in Frankreich. Der Fürst wird geweckt: ein Page berührt behutsam seine Schulter.
Monsieur Janque lächelt. Er schließt die Augen. Er hat eine Erinnerung. Er sagt jetzt den Namen »Denis Poulain«. Die mit Poulain gemeinsam im Internat verbrachten Jahre treten vor seine

Augen: Janque und Poulain, die beiden Jungen, haben im Schlafsaal ihre Betten nebeneinandergeschoben. Der Pater schließt die Saaltür, nachdem er die Lampen gelöscht hat.
»Gute Nacht, Poulain,« sagt der elfjährige Janque.
»Schlaf gut, Janque. Janque, vielleicht scheint morgen endlich wieder die Sonne.«
»Es wird regnen, wie seit Wochen, Poulain.«
»Ach, Janque, sie soll doch endlich scheinen. Ich mag Regen nicht. Der Regen ist so scheußlich. Man kann draußen nicht spielen. Vielleicht wird mir meine Mutter morgen auch ein Paket schicken. Ihre süßen Kekse. Ich habe einen solchen Hunger darauf. Immer gibt es Kartoffeln hier. Ich werde krank, wenn ich noch mehr von diesen mehligen Kartoffeln essen muß. Ich möchte auf einem Baum in der Sonne Kekse essen.«
»Poulain, deine Mutter hat dir erst letzte Woche ein Paket geschickt. Du hast gleich alles auf einmal gegessen. Du hast sogar Bauchweh bekommen. Du machst das immer. Und dann vergißt du's wieder.«
»Ach, Janque, ich will jetzt wenigstens träumen, daß morgen ein Paket kommt und auch, daß morgen die Sonne scheint. Wir werden dann in der Loire schwimmen. Ja?«
»Poulain … morgen wird es bestimmt regnen, aber ich werde dir Gedichte vom Sommer vorlesen. Willst du? Schlaf gut.«
»Gedichte. Ja gut, wenn du magst, Janque. Schlaf gut. Wenn doch die Sonne scheinen würde. Gute Nacht, Janque.«
»Gute Nacht, Poulain.«
Ende der Einblendung aus dem Internatsschlafsaal. Wieder das Pariser Schlafzimmer.
Der sechzigjährige Janque sitzt auf dem Bett und sagt: »Denis Poulain. Es liest dir keiner mehr ein Gedicht über den Sommer vor, die doch so oft wirklich schöner waren als der richtige Sommer.«
Er steht auf und tritt vor ein Fenster. Die halb zugeeisten Scheiben spiegeln ihm sein schlafmüdes Gesicht zurück. Draußen

scheint sich die Februarluft zu schärfen, um in die Menschen beißen zu wollen, die ihre Häuser verlassen. Fast alle Fenster der Avenue sind noch finster. Der Morgenkaffee wird für drei Schritte wärmen, dann werden die Glieder auf den Trottoirs klamm sein. Janques läßt seinen Blick über die breiten Gesimse der Häuser wandern, die mit Kariatyden geschmückten Einfahrten, die Steinblumen der Pilaster, die an den Häuserfronten bis unter die Dächer reichen. Seine Augen schweifen langsam nach links, in der Avenue, die von der Grand Opéra abgeschlossen wird. Janque sieht die samtbespannten Logen hinter der Opernfassade und hört die Janitscharen-Musik der Serail-Ouvertüre von gestern abend. In der Fensternische lehnt er sich an die Wand.
»Chicago«, sagt er, »sie haben diese Avenuen dort nicht.«
Er zuckt die Schulter und sagt: »Grand Opéra, Palais Garnier. Eine schöne Erfindung.«
Er wendet sich vom Fenster ab und schaut ins Zimmer: er sieht das Foto seiner verstorbenen Frau. Alleinsein, Wintermorgen.
Janque macht mit der Hand die Geste einer Reverenz zum Spiegel des Kleiderschrankes hin. In dem Spiegel erscheint das Schlafgemach des Herzogs von Choiseul. Die Lakaien decken die in teuersten Damast genähten Daunen ab. Der Herr erhebt sich unter dem Baldachin aus Brokat, an seinen Ecken geschmückt mit Federbüschen. Choiseul hat die Haltung eines wahren Prinzen. Sein Adel beginnt mit dem Öffnen der Augen. Jemand wie er wird nicht jammern, selbst wenn er zur Guillotine gekarrt werden würde.
Janque richtet sich auf. Im Spiegel erkennt er seine emporgezogenen Augenbrauen.
Er geht an die Waschschüssel und taucht sein Gesicht ins kalte Wasser. Im Spiegel apportiert eine bemühte Dienerschaft in silberblauer Livree das Necessaire zur Morgentoilette im Palais Choiseul. Der Fürst nimmt die Programmpunkte des Tagesprotokolls entgegen. Eine Last. Er seufzt. Man nickt. Aus dem

Kleidersaal bringt man das gewählte Tagesgewand herbei.

Die nächste Einstellung: Monsieur Janque sitzt angekleidet am Tisch, trinkt aus der Kaffeeschale, bricht sein Croissant.

Die Züge seines Gesichts haben wache Konturen bekommen. Er schiebt seinen Krawattenknoten zurecht. Dann zieht er den Mantel mit dem pelzbesetzten Kragen an und nimmt seinen Gehstock.

Im Spiegel seiner Garderobe führt die Freitreppe in den verschneiten Park. Der Aristokrat tritt aus seinem Haus. Sein Gefolge wahrt den gebührenden Abstand. Die Winterkälte kneift durch die Seidenstoffe und die Brüsseler Spitzen der Manschetten. Choiseul räuspert sich und steigt in die vorgefahrene Karosse ein. »Ins Ministerium«, wird dem Kutscher zugerufen. Sechs Pferde ziehen an.

Monsieur Janque öffnet die Haustür. Mademoiselle Marault steckt die Zeitungen in die Briefkästen. Monsieur Janque begrüßt sie.

»Eine Hundskälte, Monsieur.«

»Der Frühling wird schon wiederkommen, Mademoiselle. Trinken Sie heißen Wein.«

Er drückt ihr eine Münze in die Hand.

»Merci Monsieur. Ah, der Hitler« jammert sie und zeigt ihm die Zeitungsüberschriften. »Es wird böse enden. Der Teufel soll ihn holen.«

»Das wird er schon, Mademoiselle.«

Es ist Abend. Monsieur Janque blättert in der Zeitung. Er interessiert sich heute für die Kabarett-Annoncen.

In den Gläsern der Büchervitrine spiegelt sich das Pompadour-Portrait, das an der gegenüberliegenden Wand über dem Kamin in einem Goldrahmen glänzt und die Marquise zart und duftig bis in die Schuhspitzen zeigt, als lächele sie in die Buchrücken der »Comédie Humaine« Balzacs, die in Stößen auf dem Kaminsims

unter ihr liegen. Es schellt an der Wohnungstür.
Janque zuckt zusammen, stößt gegen den Tisch. Das Teegedeck klirrt.
Ein zweites Schellen an der Tür.
In der Dunkelheit des Treppenhauses steht jemand, ein Wesen aus zerronnenen Linien, und streckt Janque etwas Graues entgegen, eine Hand im Fausthandschuh. Zwischen der Wolle des Schals und dem Filz der breiten Hutkrempe steigt Rauch einer Zigarette auf. Der Mann greift mit einer Umarmung nach Janque.
Ich nenne es, dieses Projekt, wie? ›Eleganz‹? ›Elégance‹? Wie geht es weiter? Der Titel. Später.
»Baptiste Janque, ich bin doch kein Gespenst.« Der Mann tritt ein. »Denis?« flüstert Monsieur Janque, »Denis Poulain!«
Im Erkennen entpuppt sich der Gast im Mantel als sein Jugendfreund, der sich im Morgengrauen offenbar bereits angekündigt hatte.
Monsieur Janque macht einen Punsch.
Poulain reibt sich die Finger neben ihm in bedächtigen Bewegungen warm. Sie sind sich fremd.

Ja, es soll ›Eleganz‹ heißen. Notieren. Die mageren Hände Poulains mit dem Weichzeichner filmen. Hinter Poulains Fingerkuppen die Augen von Janque. Poulain muß bedrohlich wirken. Sein Gesicht bleibt im Schatten.
Ich – in Spanien. Ja, noch Katalonien. Die Costa Brava. Nicht ablenken lassen! Wie geht der Film weiter?
Poulain schaut sich im Salon um. »Deine Wohnung ist ein feines Nest.« Poulains Sätze sind fast ohne Betonung.
Er durchschreitet den Salon, betastet die Empire-Stühle, betrachtet das Porzellan in der Vitrine und wischt den Staub von den vergoldeten Schnitzereien des Pompadour-Rahmens. »Ich mag Louis XV nicht.«
»Sie haben zu leben verstanden. Aber woher kommst du? Denis,

setz dich doch wieder.«
»Ich, ich komme aus Brügge. Immer wollte ich diese Stadt kennenlernen. Ich bin nur ganz kurz in Paris. Mein Zug zurück nach Brest geht heute nacht.«
»Brügge ist grandios. Ich habe die Ruhe, die Atmosphäre dort sehr genossen.«
»Ich nicht. Ich hätte doch nach Avignon reisen sollen. Jetzt sind meine Ferien vorbei.«
»Du hättest wissen können, daß Flandern im Winter eine trübe Gegend ist.«
»Ja, natürlich. Aber egal. Doch in Avignon hätte ich dann gerne in Amsterdam sein wollen. Es ist ja nie recht.«
Janque reicht Käsegebäck und will Punsch nachschenken. Der andere hält die Hand zurück, steht auf, geht wieder herum, setzt sich, reibt seine kalten Hände.
»Danke, ich vertrage nichts. Einen Rausch zu haben, das ist für mich abscheulich. Das bringt immer nur neue Wünsche. Ich werde mich isolieren. Warten, bis sowieso die Deutschen kommen, uns überrollen.«
»Bleib ein paar Tage hier. Ich habe ein Gästezimmer. Es wird dich auf andere Gedanken bringen.«
»Nein. Ich will ans Meer zurück. Die Weite, die ganz leer ist, läßt mich in Ruh. Ich nehme den Nachtzug.«
Poulain spricht durch die Flamme der Tischkerze, die in beständiges Flackern gerät. Die Linien des Raumes verzerren sich abrupt.
»Denis, so hinfällig? – Früher hab' ich dich, manchmal hast du mich beschützt.«
»Das ist vorbei. Die Farbe meiner Augen ist dahin, die Jahre haben alles entfärbt, was ich wollte, was ich hatte.«
»Dann schrei doch, schrei doch wenigstens!«
Poulain erhebt sich langsam, nimmt Handschuhe und Hut: »Das Schreien, das ist für die üppigen Charaktere.«
Janque geht dem Davoneilenden zur Tür nach. Der Gast ver-

schwindet lautlos auf den Treppenläufern zur Straße hinab.
Janques Wohnungstür fällt mit dumpfem Geräusch ins Schloß.
Im Luftzug sieht er seinen Mantel an der Garderobe schaukeln.
Er trinkt den Rest Punsch. Er speit den jetzt säuerlichen Satz ins Glas zurück und sieht ihn auf dem fleckigen Kristall zum Grund des Glases rinnen: »Das war doch eben noch mein Zuhause.«
Er stößt das Fenster auf. Der Straßenlärm schlägt über ihm zusammen. Er schließt die Fensterflügel und zieht die Vorhänge zu.
Seine Augen suchen nach dem Bild der Pompadour.
»Ist alles hier Fremde?«
Wie zu einer makabren Tat bereit, führt Janque seine Hand zum Lichtschalter. Er knipst die Lampen aus. Ein Streichholz entzündet die drei Kerzen des großen Leuchters.
Sein Blick streift die lächelnden Lippen der Pompadour. Janque atmet müde.
»Poulain«, sagt er.
Mühsam erhebt der Sechzigjährige sich. Er stellt sich vor das Bild der Marquise. »Sie wollen uns erdrücken. Ich kann das alles nicht mehr«, sagt er.
Er lächelt über die delikate Kopfhaltung der Frau.
Die Rüschen um das Dekolleté der Marquise.
Es ist so, als entstehe ein Lied in ihm.
»Passant par Paris.«
Die Wörter bekommen langsam Melodie. Janque stützt sich auf den Kaminsims. »Gestehen, am Ende sein, nichtig sein? – von wegen. Nein, das ist nicht alles. Noch lange nicht.«
»Passant par Paris
Vidant la bouteille.«
Seine Stimme wird kräftig. Er sieht sich im Zimmer um. Die Holzmaserungen schimmern auf.

> »Un de mes amis
> me dit à l'oreille:
> Le bon vin m'endort

l'amour me réveille encore.«
Seine Hand zeichnet die elegante Pose des Arms der Marquise nach, die mit wachem Blick und in Gelassenheit schön auf ihren kostbaren Seidenkissen ruht: »Wir werden das alles schaffen, Madame. Sie Ihre Feinde, ich meine, und den Hitler.«
Monsieur Janque betritt aufgeräumt das ›Café de la Paix‹. Er summt sein Lied. Schritte von Marschkolonnen sind den Cafégeräuschen leise unterlegt. Janque zieht den Hut vor jemandem, den er versehentlich angestoßen hat. Dann nimmt er wieder eine Zeitung und überfliegt die Kabarett-Annoncen.
Ich muß den Schluß dieses Streifens überdenken. Er darf nicht zu gewollt wirken. Man müßte ›Eleganz‹ während des Krieges fortsetzen. Wie er überlebt, der Bonvivant. Ob er Leute des Widerstands beherbergt? Mit der Pompadour im Rücken die Gestapo überwinden.
Der Filmtitel ›Eleganz‹ auf einem Kinoplakat? Die Leute gehen vorbei. Sie bringen Eleganz höchstens mit einer Dokumentation von Grace Kellys Wohltätigkeitsbällen zusammen. Sie kämen nie auf ein moralisches Haltungsprinzip. ›Spielerischer Ernst‹ als Titel? Das interessiert keinen Produzenten. Sie denken, daß einzig und allein ›Ernstes Spiel‹ halbwegs modern klingt. In Anpassung an die allgemeine Trostlosigkeit könnte ich es dann ohnehin gleich ›Ernster Ernst‹ nennen. Dann hätte ich wenigstens ein paar Intellektuelle aus Marburg und Gießen in den Kinosesseln. ›Eleganz‹, das ist sicherlich eine Mutfrage. Vielleicht ginge es mit dem Untertitel: ›Ein Märchen‹.

12

Genug jetzt, es ist notiert. Paris rückt näher. Das war die französische Staatsgrenze. Anne sagt: Frankreich, das ist ein kleiner Kontinent für sich. Man hat nach Belieben immer Sonne oder Schnee, Küsten oder Wälder. Mit wem würde ein Franzose tauschen wollen? Bald werde ich Anne wiedersehen. Ich werde mich an ihrer Seite entspannen. An der Seite dieser Frau mit den langen Beinen, dem knabenhaft schmalen Gesäß, deren Garderobe und Gehschwingungen verraten, daß die geflickten Hosen gewählt sind. Sie ist nicht ohne ein zartes Parfum denkbar, das noch verströmt, wenn sie in der kleinen Küche Brassenfilet auf wildem Reis zubereitet. Es ist ihre unübertreffliche Spezialität. Auch im Restaurant würde man Fisch nur nach ihrem Ratschlag bestellen. Sie stammt aus Marseille. Nach dem Dessert wird sie eine Sobranie anbieten, die russische Edelzigarette mit goldenem Mundstück. Sie wird eine einladende Geste machen, daß ich meinen Kopf in ihren Schoß lege. Sie wird meine Haare streicheln, vertrauensvoll, so zärtlich, als ginge ein Sommerwind über sie. »Mon petit Brêmien«, wird sie dann sagen, »schlaf ein bißchen.«
Vielleicht hatten Anne und Serge gerad' genug auf der hohen Kante, um das Auto reparieren zu lassen, um ein bißchen herumzukutschieren. Auf dem Beifahrersitz hat sie ›La belle au bois dormant‹ von Perrault vorgelesen, das scheinbar urdeutsche ›Dornröschen‹.
Und morgens gegen drei, vier Uhr, wenn wir in den Unterschlupf auf der Ile-Saint-Louis zurückkehren, wo nebenan auch Baudelaire gewohnt hat, dann liegen im Doppelbett ohne Gerede drei Kopfkissen unter den Decken.
Ich liebe die Insel mit diesem Bett. Sie ist so intim von der Seine umflossen.

»Diese Wohnung«, sagt sie, »liegt im Mittelpunkt der Welt. Der Broadway, Amsterdam, München können von hier aus leicht zu Pariser Vorstadt werden. Wenn Paris den unterschiedlichen Lebensbekenntnissen nachgibt, den Makrobioten-Restaurants, dem neuen deutschen Film, der New Yorker Pop-Avantgarde, dann wird das hier nur eine neue Mode. Niemand auf der Ile wird endgültiger zum Punk-Rocker. Man schafft sich eine Fahrradkette an, um bei Bedarf für die passenden Lokale im zutreffenden Arrondissement ausgestattet zu sein. Sicher, man ist hier kühl, aber doch eben schließlich souverän. Selbst der Teufel faßt hier nicht so recht Fuß – er interessiert nur als eine der möglichen Ideen. Zieht euch jetzt schnell aus, Sergio, Stephan, mir ist eiskalt. Die Heizung ist wieder defekt. Wollen wir morgen zum Tee nach Versailles? Bei den Kaskaden gibt es einen Tee-Pavillon.«
Dann hat Serge den Aschenbecher auf die Bettdecke gestellt, ist unter die Decke gerutscht, und Anne hat mir ihre Hand entgegengestreckt, daß ich mich rasch neben sie legen möge. Dann lagen wir da, und es kam vor, daß einer nach dem anderen ein kindisches »Que c'est agréable!« sagte.
So war das am letzten Abend bei ihnen. Es klopfte plötzlich noch. Serge machte auf. Die zwei Wohnungsnachbarn waren es. Es war wohl zwei Uhr. »Wir haben bei einer Tombola im ›Théatron‹ zwei Flaschen Pomméry gewonnen. Habt ihr Lust?«
Francis und Carlos heißen sie. Man sagt, vielleicht um es nur zu sagen, daß die beiden vor Zeiten die berühmtesten Strichjungen in der Gegend um die Place d'Iéna gewesen sind. Jetzt konstatiert man täglich ihren Verfall, das Dünnerwerden der Haare und taxiert sich selbst dabei im ausgefüllten Dahinwelken. Sie kamen also hereingeschwungen und erzählten, daß ihre Tante sich neu eingekleidet hätte: in Zinnoberrot. »Wie ein Papagei, ein Ara – es geht nichts über die Exzesse unserer Tante Clémentine. Sie wird jeden Tag hysterischer«, erzählte Carlos mit hysterischen Gesten. »Tante Clémentine blüht auf. Sie hat zuviel Fellini gesehen.« »Sie

näht sich gerade einen Sari mit Puffärmeln. Für den 14. Juli, sagt sie,« ergänzte Francis.
»Das kommt alles, weil sie einmal, 1938, mit Cocteau und Jean Marais Opium geraucht hat. Sie sagt: in einer Suite im Ritz. Aber es war sicher nur in einem Zimmer an der Place Pigalle, und zwar mit einem malayischen Botschaftsportier.«
Francis und Carlos wohnen bei ihrer Tante, über die sie gern klagen, weil diese die Würde der Wohnung mit gelben Fotografien schnittiger SS-Männer verderbe. Die beiden setzten sich aufs Bett. Vom Bett aus wurden die Gläser mit dem üblichen Geschick durch die offene Tür von der Spüle geholt. Anne sagte: »Das ist Stephan aus Deutschland.« »Ah, von Deutschland«, sagten sie.
»Wir kennen nämlich Baden-Baden«, sagte Carlos.
»Wiesbaden«, korrigierte Francis lächelnd.
»Nein, Francis, es war Badenweiler.«
Man fragt diese beiden Geschöpfe besser nicht detaillierter nach Deutschland aus. Sie würden mit Höflichkeit antworten, daß sie das Rheintal liebten, die Akkuratheit der Badenweiler bewunderten, vielleicht sogar erwähnen, daß ihnen Willy Brandt als Präsident sehr sympathisch gewesen sei. »O ja, Monsieur Brandt, was für ein Charakterkopf. Immer Top-Anzüge. Schade, daß er ein Spion war. Nun ja, die besten Leute lassen sich halt nicht auf nur eine Seite festlegen.«
»Nach Versailles wollt ihr morgen«, fragten sie, »geht doch lieber in die William-Turner-Ausstellung. Morgen ist der letzte Tag. Turner müßt ihr gesehen haben. Man glaubt kaum, daß er Engländer ist. Dieser Duft, diese Auflösung, diese pastellene Magie der Sonnenuntergänge. Oder geht in den Hof des Marais-Rathauses; da führen sie jetzt eine Oper von Lully auf. Francis, ist es nicht sogar ein Ensemble aus Deutschland?«
»Nein, aus… aus Polen, aus Danzig, glaube ich.«
Ich Tölpel sagte darauf: »Ja, Danzig! Das ist noch gar nicht so lange polnisch. Zoppot liegt dort in der Nähe, das war früher eine

Art deutsches Saint-Tropez.«

»Nun ja, Saint-Tropez ist inzwischen auch mehr etwas für Exdiktatoren aus der Sahara geworden. Da kann man nicht hin. Zwei Freunde von uns waren in Ephesos. Kleinasien ist mehr ›in‹, als man glaubt, aber muß man dann hin? – obwohl – der Orient?! Carlos und ich, wir haben uns, anstatt zu reisen, das kleine Zimmer neu eingerichtet, wißt ihr, so im Delacroix-Geschmack, ›Der Tod Sardanapals‹ – im Louvre. Ihr müßt alle einmal zum Mocca zu uns kommen. Man könnte dann den Shit aus der Wasserpfeife rauchen. Anne wird ihr Kleid aus Algier anziehen. Letzte Woche haben wir ›Samson und Delila‹, nein, es war irgend etwas von Erik Satie mit Nurejew auf Trip gesehen. Carlos kennt den Sekretär von Madame Nurejew«, lächelte Francis, »kennt ihn im Detail.«

»Von früher«, lächelte Carlos melancholisch zurück, »von dem haben wir die Karten bekommen.«

Nun, die Nacht ist damals kurz geworden. Pomméry, Ephesos, Willy Brandt und Tante Clémentine, die noch gegen drei Uhr früh unverhofft auftauchte und uns unter zwei, drei Tränen den Saristoff zeigte, den sie verschnitten hatte, weil sie plötzlich mitten im delikatesten Zuschneiden einen Hustenanfall bekommen hatte. »Diable! Aber aus dem Fetzen läßt sich nur noch ein Turban machen. Dann werde ich halt wieder Turban tragen. Cocteau fand mich mit Turban übrigens entzückend.«

Noch sieben Stunden bis Paris. Ich liebe lange Fahrten. Und ich würde sie sehr, sehr gerne langsam fahren. Dann erst würden Ziele zu richtigen Zielen werden. Die Geschwindigkeit verwischt alle Besonderheiten, alle Details. Das schnelle Reisen nimmt der Welt die Größe und diffamiert ihre Spezialitäten. Man rutscht drüber hinweg. Ich hätte gerne die Erde noch viel größer und ihre Oberfläche noch unzugänglicher. Jetzt ist sie wie zusammengeschrumpft.

Immerhin noch sieben Stunden. Es gibt nichts zu erfinden, nur aufzufinden. Es gibt einen Zug, der dem Wimpernschlag der schwarzen Augen von Juliette Greco entgegenfährt, einen bequemen Waggon der SNCF, der sich dem Parc-aux-Princes-Stadion mit Shows von Johnny Hallyday nähert, der durch die mattgrünen Corbières-Weinfelder zieht, vorbei an den Flamingos des Roussillon, und dann werde ich meine Arme um Anne legen.

Könnte es sein, daß die Franzosen freier sind als wir? Die Académie Française gab ihnen einst exakte Regeln der Formulierungskunst und des Satzbaus vor, die es verhindern, von Welterschütterungen verschüttet zu werden. Man kann nicht leicht überwältigt werden, wenn einem so präzise Bindewörter, eine so präzise Stellung der Tätigkeitswörter zur Verfügung stehen. Wie man spricht, denkt, das ist in der Epoche der Klassik gefügt worden. Diese Grammatik zwingt die Ideen auf ein bespielbares Schachbrett.

Eine Nation, deren Elite drei Jahrhunderte darum kämpfte, ihren Dramen die Einheit von Ort, Zeit und Handlung zu geben. Eine philosophische Unternehmung! Das Tragische, gezwängt in Einheiten. »Si vous n'êtes pas Romain, soyez digne de l'être.« Wer ist da der Herr der Welt: die Katastrophen, oder der Dichter, der sie in Alexandriner faßt? Die Ratio, der Ruhe dienend, wurde in dreihundert Jahren seelisch – der Kopf fällt nicht vom Herzen herunter. Sie sind Herren der Formen. Beugen sich bis heute auch Amerika nicht.

An den Grenzen setzt die französische Eisenbahn die schnittigsten und komfortabelsten Waggons ein: beinahe Jet-Set auf Gleisen. Gedämpfte Ankündigung eines Büffettraums am Ende des 160 Kilometer schnellen Geräts mit getönten Scheiben, Klimaanlage, mit Hostessen und Journal-Auslage.

Ja, ich muß einen Entschluß fassen. Ich will kein ›fast‹ mehr haben. Sich gehenlassen, anstatt sich eine Verantwortung nach der anderen aufzuhalsen. Glücklich werde ich auf diese Weise nicht. Ich rackere mich auf dem falschen Gleis ab, mit weniger

Klötzen am Bein werde ich nicht unglücklicher sein. Bin ich denn ein Materialist, daß ich einen Top-Job brauche, habe ich denn die Bourgeoisie und ihre Requisitenliste in den Knochen! Ich sollte meine Karriere verschlampen, um bescheidener an freier Luft leben zu können. Filmemacher – ich kann mir keine verantwortungsvolle Kreativität aus den Rippen schneiden. Soll ich mit einem Mühlstein am Hals unzufrieden bleiben?
Ich werde privat, mir mein eigener Verwalter – ohne kreativen Spleen, ohne Einmischung in die Affären der Drahtzieher.
Als gehorsamer Kameramann, in einem Tonstudio werde ich leicht irgendwann, irgendwie unterkommen können – am besten in Paris. Eigenes Drehbuch! Es muß nicht sein. Meine Problemlisten, diese Meinungsthemen – sie gehen ja nicht einmal mir ans Herz. Ich habe keine Probleme. Ich war nur nicht geschmeidig genug. Ich sehe nichts, was meine Anstrengung für eine haltbare Meinung lohnt – nur intellektueller Zeitvertreib, der sich eine unangemessene Existenz anmaßt und mir die schlichte Schicksalshingabe verdirbt.
»Würden Sie mich bitte durchlassen, Madame. Der Büffetwagen ist doch schon geöffnet, nicht wahr?«
»Ja, seit Perpignan, Monsieur.«
»Mir ist nach leckerem Toast, wenn's geht, mit grünen Spargelspitzen.«
»Guten Appetit, Monsieur.«

13

Paris ist nicht mehr weit.
Der Tag in der Ile-de-France muß heute ein guter Oktobertag gewesen sein. Die Landmaschinen bewegen sich noch über die Äcker und laden im Licht der Traktorenscheinwerfer die Zuckerrüben zu rötlichen Hügeln auf die Anhänger. In der Luft, die sich frisch in den Gängen ausbreitet, liegt die Würze eines Erntetages.
Wie exklusiv die Reisenden sind. Ausgeruht haben sie schon die Weinberge 600 Kilometer südlich wahrgenommen, dann das Bild der französischen Weizenkammer, die platte Beauce, dann in einer Stunde Bahnsteige in Paris.
Sie legen schon häufiger ihre Bücher, Akten und Zeitungen beiseite, um hinter der Hand, die das Innenlicht der Abteile abhält, durch die Fensterscheiben zu prüfen, ob den Lichtern draußen schon Pariser Vorort zugetraut werden kann.
Noch gleiten lichte Wälder vorbei, Wasserläufe, in denen Hausboote ankern, viele davon sind mit bunten Lampions geschmückt. Ganz Frankreich scheint sich Abendstunden zu gönnen, in denen man auf Gartenstühlen in der Herbstluft sitzt.
Die Nacht verfängt sich in den Vorgärten, wo Nachbarn über die Hecken hinweg miteinander sprechen und Kinder noch immer um die Tische laufen, von denen die Windlichter und das Geschirr vom Abendessen nicht abgeräumt sind.
Immer mehr Vorgärten vor Häuschen verbinden sich zum abendlichen Kleinbürgermilieu. Durch Fliegengitter hindurch fällt das Licht der Zimmer auf Beete und Rasen. Die Autos sind geparkt. Auf den Teerstraßen wird noch Fußball gespielt, Federball.
Es wird allmählich Paris:
Unvermittelt sind die Bauern, ihre Dörfer durch eine andere Welt ersetzt. Nunmehr gibt es nur noch Naturhalbheiten, ein paar

Bäume, ein paar Stücke unbestelltes Land, die zwischen Großraumhallen von Vorort-Supermärkten und Möbellagern ausgespart sind.
Schon bald dann und wann ein Betonwürfel, aus Fenster- und Zementstreifen zur Waffel geschichtet, die über eine Häuserplage ragt, über die Hügel dahinschwappend, die Familie um Familie, die endlosen Intim-Einheiten, überdacht.
Paris wuchert. Es ist sich seines Geschwürs bewußt. Es verdichtet sich in immer belebteren Straßen, höheren Häusern zum diffizilen Organismus mit ersten Metro-Stationen, Ampellichtern, Autounterführungen. Die Reizluft streicht über die Metallwände der Waggons. Die unbekannte Dame im Abteil bekommt ein Leben als Pariserin von mir. Wie in einer Vitrine sitzt sie mir zur Seite.
Die Gleise verbreitern sich zur eisernen Ebene. An ihren Säumen ragen alte Gebäude, Kamine und Antennen in eine helle Luftschicht hinauf.
Slipreklamen im Eisenbahntunnel zu beiden Seiten des Zuges. 50 Meter lang nichts als Männerlenden.
BUVEZ DUBONNET: Zehn tanzende Aperitif-Flaschen auf einem Gemäuer! – ich bin die elfte. Und der Austerlitz-Bahnhof ist da – mein Leben ein Austerlitz. Invalide haben in dieser Stadt einen Dom gebaut bekommen. Der Invalidendom des Sonnenkönigs Louis XIV., und gebaut ist er am Ende der ›Esplanade‹.
»Au revoir, Madame und gute Nacht.«
Paris.
Erster Schritt.
Es ist da, nun, hier, da, Paris.

14

Ein Stiegenhaus, so ramponiert, wie dreihundert Jahre Treppensteigen es zurücklassen. Für mich ist jeder Sprung in jeder Fliese kostbar. Die heftigen Schritte, von denen sie zerbrochen wurden, gehören in die Tradition meiner eigenen Nervosität. Wie gut, nicht ohne jene Ahnen dazustehen, die sich auch des öfteren ›Matthäi am letzten‹ sagen mußten.
Wieder den Finger auf dieser Türglocke. Der goldfarbene Türknauf für Annes Hand. Ihre schöne Hand wird mir gleich um den Hals fassen. »Stephan, du? Du vergisst deine alten Freunde nicht. Komm schnell herein. Du weißt ja, du bist bei uns zu Hause. Komm, du siehst müde aus. Ich werde dir einen Kaffee machen. Dich wieder bei uns zu haben, das ist schön.« Gleich wird sie mich am Arm nehmen und zur Couch führen. Ein Täßchen mit starkem Kaffee, ihre Packung Sobranie wird sie mir in die Hand drücken.
Schlafen sie schon?
Sie wird sich morgen freinehmen, um mit mir zu bummeln. Mit ihr durch die Tuilerien bummeln.
Delliger Putz, dellige Decke und dieser Geruch aus zwanzig Mal umgemodelten Wohnungen. Gut, sich in den Menschheitsturbulenzen eingebettet zu sehen.
Sind sie nicht da?
Anne kauft mit Serge ein. Die zerknitterten Franc-Scheine hat er in der Hosentasche.
Sie sind nicht da!

15

»Wer ist da?«
»Ich, Stephan, Stephan Weiss.«
»Etienne, komm rein. Ich bin eingepennt, entschuldige. Komm rein.«
Ungelüftet, finster. »Du bist allein, Serge?«
»Ja. Aber, wo kommst du denn her. Setz dich. Leg ab. Such dir einen Platz. Ich müßte aufräumen. Warte, ich mach' das Fenster auf. Machst du bitte Licht. Der Lichthof ist schon finster. Was, acht Uhr. Schmeiß die Pullover weg. Du kannst dich da setzen. Wo kommst du her. Aus Bremen?«
»Aus Spanien.«
»Aus Spanien, so!«
»Madrid, Toledo, Kastilien.«
»Schön. Na, setz dich doch. Stell doch die Taschen weg. Sei keine Salzsäule. War's schön? Entschuldige, ich muß mir den Kopf unter die Dusche halten. Er ist völlig zu. Das beschissene Erkältungswetter. In der dreckigen Stadtluft wird man den Schnupfen gar nicht erst wieder los.«
»Wie geht es euch?«
»Ah, weißt du, uninteressant wird es nie.«
»Pariser Leben?«
»Ja, ja. Warte, ich verstehe dich nicht. Die Dusche macht so einen Lärm. In dieser Wohnung funktioniert ja nichts, wie es soll. Dieser Boiler ist vorsintflutlich.«
Sie haben gefeiert. Sektschalen, Teller mit Gräten und Käserinde. Die Gardinen sind graugequalmt. Sind die Fenster dreckig! Sie wollten doch den Boden renovieren. Wo ist meine Couch? Wo sind denn Annes Blumenkästen?
»Serge, ich bin von der Reise noch ganz benommen.«
»Fünfzehn Stunden, oder?«

»Die vielen Eindrücke, Spanien!«
»Wir rauchen erst einmal eine Zigarette.«
»Eine gute Gauloise, eine Gitane.«
»Ich rauche jetzt ›Winston‹«.
»›Winston‹. Nanu!«
»Serge, leg doch Musik auf. Ich bin in Paris. Spiel etwas von der Piaf, meinetwegen Maurice Chevalier. Ich brauche die angemessene Einstimmung. ›La vie en rose‹?«
»Entschuldige Etienne, aber diese Touristenschnulzen besitze ich nicht. Wer will denn sein Geld für sowas verplempern. Die pathetische Donna Piaf – die hör dir lieber in Bremen an. Da gibt's doch eine französische Crêperie, nicht wahr? Aber vielleicht magst du die Fitzgerald, Keith Jarrett hören, ja?«
»Ja – gut. Ihr lebt also weiterhin gut, Anne und du?«
»Man möchte nicht tauschen. Wer will das schon? So eine Überraschung!«
»Ich hätte mich ankündigen sollen.«
»Unfug, Etienne. Es ist oft genug unangemeldeter Besuch da. Auch du kannst den Wohnungsschlüssel haben und dann machen, was du willst. Du brauchst dich nicht nach mir zu richten.«
»Wo ist denn Anne?«
»Anne? Ja, sie ist zur Zeit im Midi. Fort … Ihre Schwester lebt doch … in Orange.«
»Und sie bleibt länger weg?«
»Ich nehme es an. Du weißt ja, bei uns macht jeder, was er will.«
»Ja, das ist doch auch richtig so.«
»Weiß ich nicht, aber … ist egal.«
»Serge, ich hab' nur einen Toast gehabt. Was hältst du davon: wir machen heute ein grand dîner! Viel Wein, wenig Brot, Wildschweinpastete aus dem Geschäft unten im Haus und zum Abschluß die berühmten Nußtörtchen.«
»Wenn du willst, du kannst gern. Aber ich trinke nur ein Glas. Ich

habe neuerdings Ärger mit dem Magen. Das unregelmäßige Leben. Morgens muß ich Kamillentee trinken. Du siehst übrigens sehr gut aus, Etienne.«

»In Bremen bekommt man keine lohnende Gastritis. Aber hier in Paris, da ist Gastritis ja fast ein Gütesiegel für gutes Leben.«

»Das ist großer Quatsch. Mir jedenfalls geht der Genuß am Kamillentee völlig ab. Warte, Etienne, ich muß mich noch rasieren.«

»Rasier dich nur. Ich werde aufräumen. Wo sind denn die Couch, der Schrank geblieben?«

»Verkauft. Morgen werden die zwei Sessel abgeholt. Über ein Jahr bist du nicht hier gewesen, nicht wahr? Der ganze Möbelplunder kommt weg. Ich brauche Luft. Es soll hier so gut wie leer werden. Ich will mich einfach trennen. Nur noch das Nötigste: Tisch, Bett, Musik, eine Palme und eine Agave, Plakate.«

»Was, wieso? Wirst du unbürgerlich?«

»Unbürgerlich, Quatsch! Ich war nichts, ich werde nichts werden. Es muß, soll einfach nüchtern werden. Kein Nippes und Plüsch mehr. Ich komme mir zwischen Möbeln wie eingemottet vor.«

»Euer Nest? Und eure großen Menüs?«

»Ich esse wenig, meistens kalt und sogar im Stehen. Mein Leben kann mit einem Sofa nichts mehr anfangen. Es tut mir gut, mal eine weiße Wand zu sehen. Ein billiges, nacktes Zimmer, das entspricht mir am meisten. Darin kann ich unbekümmerter sein. Wo du sitzt, kommt ein Poster hin: Breughel, ›Die Versuchung des heiligen Antonius‹.«

»Serge, geht es dir dreckig, du?«

»Wie kommst du darauf! Ich will, daß hier alles kühl und spärlich wird. Junge Leute, die auf ihren Kram achten, ekeln mich an. In diesem Zimmer will ich nur noch meinen Körper und meine Gedanken haben, das übrige schaue ich mir draußen an. Hier will ich mich nicht mit Besitztümern festnageln lassen. Um Teppiche besorgt sein – das fehlte mir gerade noch.«

»Und was sagt Anne dazu?«
»Ihr ist das wohl egal. Warst du in Toledo?«
»Ich habe El Greco dort gesehen.«
»Wahnsinn, nicht wahr? Die ›Gewandabnahme‹, ›Die Apostel‹. Das kann man doch nicht lieben, wenn man sich zu Hause wieder in den Plunder hockt und seine Energie beim Fensterputzen verschleudert.«
»Mich hat Toledo dermaßen beeindruckt. Ich frage mich, was El Greco bedeutet, was ich damit anfangen soll. Es tat so gut. Dieser heilige Ernst.«
»›Heiliger Ernst‹, nun ja, ›anfangen‹. Was willst du damit anfangen. Es ist da. Unter anderem zeigt es dir deinen eigenen Dreck und Dilettantismus.«
»Es wirkte so …«
»Willst du es mir wirklich erklären?«
»Nein, ich kann es gar nicht, Serge, ich mag gar nichts mehr erklären.«
»Oh, ich halte auch meinen Mund. Weißt du, Etienne, ich bin froh, daß ich jetzt an einem Kinoschalter sitze und Karten verkaufe. Eine stupide Arbeit ist für meinen chaotischen Kopf gerade das richtige. Machst du noch fleißig Filme?«
»Ich … in Spanien …«
»Erzähl vielleicht morgen davon. Jetzt spukt dir wahrscheinlich noch zuviel durch den Kopf.«
»Du hast dich sehr verändert, Serge.«
»Ich bin wohl etwas bösartig geworden? Ich habe gar keine Lust, nett zu sein.«
»Was ist passiert? Entschuldige, ich will dich nicht aushorchen. Was macht Paris sonst? Die eleganten Typen von Saint-Germain, die Großbürger der Avenue Foch?«
»Spektakel, faszinierend. Pausenlos bricht etwas zusammen, und permanent ist der Ersatz gleich da. Ich strolche dazwischen herum und amüsiere mich in Distanz. Zum Glück will ja nie-

mand vom anderen belästigt sein. Man schaut zu. Ich genieße im ›Chez Angélina‹ Schokolade zu zwölf Francs, man braucht vor allem Geld, und sehe mir den dicken Goldschmuck auf den fleckigen Armen alter Frauen an. Manchmal ›La Coupole‹ – das Gigoloquartier. Was Paris macht? Was für eine Frage. Die Existenzen übertrumpfen sich mit ihren Lebensstilen. Jeder hat ein anderes Plakat vorm Bauch hängen. Die braven Ochsen schuften weiterhin in den Büros und Fabriken und halten die wirtschaftliche Basis in Gang, auf der das Leben der Amphibien stattfinden kann. Die Polizei ist brutaler denn je. In den Vorstädten entsteht allmählich Klein-Arabien. Käse wird bald unerschwinglich. Aus Deutschland werden ›Scheibletten‹ importiert. Es gibt einen hervorragenden Film im Colisée, ›Metropolis‹ von Fritz Lang. In der Orangerie gibt es eine Ausstellung deutscher Romantiker, die durchaus beachtet wird. Die Comédie Française ist anachronistisch, aber nicht wegzudenken. Max Ernst bleibt genial. Apokalypse-Darstellungen gelten als wahr – aber was soll's. Der Sohn vom Polizeipräsidenten ist schwul. Sein Vater rächt sich wohl deswegen hier und da an einschlägigen Lokalen. Die Orgelkonzerte in Notre-Dame höre ich mir oft an. Die Politiker sind immer noch ambitioniert und verkraften das Lügen. Sie sprechen vom ›Modell Deutschland‹, aber auch das würde ich nicht nach hierher transportieren lassen. Und ernstlich will es auch niemand – es ist nur eine von den Parolen. Die Makrobioten haben jetzt ein Restaurant in dieser Straße. Ich war dort essen; es ist fade. Sie scheinen mit Salaten besser leben zu wollen. Na ja, ›jeder soll nach seiner Façon selig werden‹ – ein deutscher Sinnspruch.«

»Das kann nicht deutsch sein.«

»Friedrich von Preußen! Was passiert hier zur Zeit noch? Ich lese jetzt den ganzen Proust. Er ist grandios. Rimbaud fand ich genauso grandios. Beide gefallen mir gleich gut. Ich denke viel über Proust nach, aber nichts zu Ende. Meine Gastritis hat ihre guten Gründe, aber was soll ich das erklären: das unregelmäßige Leben.

Warte, hier hast du den Ausstellungskatalog für die deutschen Romantiker, da das Wochenprogramm der Kinos und hier den Spielplan der engagierten Theater, da nimm auch das Programm der Oper. Vorsicht, zerreiß das Lesezeichen nicht, es ist entweder die Mahnung vom Finanzamt oder der Schein für die Magistratswahlen, ich weiß nicht.«

»Serge, mach doch Kaffee. Wir unterhalten uns dann in aller Ruhe.«

»So, du nimmst ja keine Milch.«

»Doch, ich habe immer Milch genommen. Serge, es fällt mir schwer, mit dir zu reden …«

»Du mußt ja nicht. Ich bin nicht gekränkt. Was möchtest du heute nacht machen? Ich schlage vor: wir essen ein Steak hier, trinken dann einen Tee auf der Ile. Willst du in eine Discothek? Hast du vom Zweikampf der Discotheken ›Louvre Fou‹ und ›Bocage‹ gehört? Wer hat die auffallendsten Kellner. Im ›Bocage‹ tragen sie jetzt Schurze aus Leopardenfell. Nächste Woche wird das ›Louvre Fou‹ darauf reagieren. Vielleicht mit fleischfarbenen Slips. Wir sollten hingehen. Ich lade dich ein. Aber erst nach ein Uhr. Dann sind die Vorstadtleute mit der letzten Metro weg. Ohne sie kann's interessant werden. ›Louvre Fou‹ gehört übrigens einer Deutschen. Mit zwei Gorillas zur Seite sortiert sie sich die Leute aus, die hinein dürfen. Niemand weiß, nach welchen Kriterien sie das macht. Bis auf die Straße hinaus stehen sie Schlange. Es ist ein umfunktioniertes Theater mit Logen, Rängen, der größten Phonstärke in Frankreich, mit Nebelwerfer und einer Lichtmaschinerie, daß man für gewöhnlich die Nacht danach nicht mehr schlafen kann. Es gibt hier nichts Verrückteres, auch kaum etwas Teureres. Fünfzig Francs, damit man von Elsa großzügig aussortiert wird und im Rummel untertauchen kann. Man liebt Elsa, weil sie die Rangordnung der Ausgefallenheit aufstellt. Mit einem ordentlichen Hemd hast du keine Chance, ausgewählt zu werden. Das Amüsement im ›Louvre Fou‹ basiert auf leichtem

Wahnsinn. Elsa ist weder Frau noch Mann – ein eleganter Strich mit Granatschmuck. Man sagt, selbst in New York würde sie auffallen. Das ›Louvre Fou‹ ist gegenüber New York wahrscheinlich kalter Kaffee. Gegen New York ist Paris natürlich sowieso verkalkte Provinz. Ich würde gern nach Manhattan gehen. Was sich ereignet, ist nur amerikanischer Abklatsch. Das sagt jeder, der drüben war.«

»Gehst du oft in dieses ›Louvre Fou‹, Serge?«

»Samstags für ein, zwei Stunden.«

»Für fünfzig Francs?«

»Wieso fragst du denn? Hast du Lust hinzugehen oder nicht?«

»Schon. – Sag, wie wichtig ist denn ›Louvre Fou‹ für dich – und Proust liest du auch. Was willst du in New York?«

»Wie wichtig das ›Louvre Fou‹ ist? Oh, ich weiß nicht. Ach ja, morgen könnten wir zu Jean-Louis Barrault gehen. Ich habe Karten fürs ›Quai d'Orsay‹-Theater‹. ›Die Schöne Helena‹ ist sehr spritzig inszeniert. Das wird dir zusagen, es ist sehr pariserisch.«

»Und das von einem Deutschen, Offenbach.«

»Für mich ist er Franzose.«

»Aus Köln.«

»Ach, mir ist das egal.«

»Soll ich nicht wissen, was mit Anne ist?«

»Es klappte nicht mehr. Wir gehen bei Hervé vorbei. Hervé hat daheim uralten Calvados. Das stimuliert uns für das ›Louvre Fou‹. Vielleicht kommt Jean-Pierre mit. Er wohnt bei Hervé.«

… – »Du bist allein, Hervé?«

»Jean-Pierre ist einkaufen.«

»Das ist Etienne. Gerad' aus Spanien zurück. Dürfen wir deinen Calvados probieren?«

»Selbstverständlich. Macht es euch nur bequem. Was bist du eigentlich, Etienne?«

»Was?«

»Luftdreieck? – Ich ahne das. Deine Augen?«

»Was?«
»Wassermann oder Zwilling. Ich schätze, Zwilling. Sie sind zwar schnell depressiv, aber sie sind nicht nur experimentierfreudig, sondern obendrein auch charmant. Na, und sie lieben das Reisen.«
»Bravo, Hervé. Etienne ist tatsächlich Zwilling. Stimmt's, Etienne?«
»Ja. Wie geht das an?«
»Praktische Übung. Ich versorge die Ile-Saint-Louis mit Horoskopen.«
»Hervé lebt davon.«
»Meine Arbeit floriert, sage ich euch. Die acht Planeten sind wiederentdeckt. Man vertraut sich ihnen an. Ich habe hier gerade einen enormen Fall: Mars im Quadrat zum Jupiter; ein verheerender Aspekt: Fanatismus, religiös wahrscheinlich, Kriegsverherrlichung. Ich möchte wetten, daß der Mann bei der französischen SS war. Er wohnt oben im Haus. Ich werde ihm aus dem Weg gehen. Mars im Quadrat zum Jupiter, das heißt nämlich Heuchelei. Wenn ich solche Sachen herausfinde, bin ich immer ganz dankbar für meinen Aspekt: intuitive Fähigkeit – Neptun im Trigon zum Aszendenten, Sextil zum Deszendenten.
Wenn ich erst einmal in der Normandie wohnen werde, endlich in der Ruhe, dann werde ich intensiv an einem Buch darüber arbeiten.«
»Über Astronomie?«
»Astrologie, Etienne! Kein empirischer Fetisch, sondern die Wissenschaft über die uns lenkenden Sternkonjunktionen, die nicht wegzubeweisen sind. Und darüber werde ich in der Normandie arbeiten. Da habe ich dafür die richtige Sphäre.«
»Zeig uns doch die Fotos von deinem Schafstall. Hervé hat sich nämlich dort oben in der Normandie einen Schafstall ausgebaut…«
»… mein Refugium …«

»… und im Winter unglaubliche Fotos gemacht. Hol sie, Etienne interessiert sich für so etwas.«

»Hier, schau, Etienne. Das ist nicht weit vom Ärmelkanal. Jedes zweite Wochenende verbringe ich dort. Jean-Pierre und ich werden bald ganz dorthin ziehen. Schau: wie eine Sinfonie – ein Bild vom 25. Dezember. Tagelang war nur Regen gefallen. Der Kältesturz kam plötzlich innerhalb einer Stunde. Minus 15 Grad.

Der Wind vom Meer ging wie ein Zauberstab über das Regennaß. Die Bewegung jedes Grashalms klang in Eis aus. Der Regen gefror im Fließen. Schau, die Dachschindeln waren ein lachsfarbenes Alabaster. Das Eis ragte in wuchernden Kariatyden vom Erdboden bis an den Dachfirst. Es wurde ringsum ein funkelnder Kristallgarten. Das Land ist flach, nur Wiesen – und in der vollkommensten Stille wurde da bis zum Horizont alles ein Silberteppich. Jede Hecke war zu einer glitzernden Mauer erstarrt. Die Äste der Obstbäume waren gläserne Finger uralter Frauen, die ihre dürren Handglieder gegen den kalten Himmel reckten. Jeder Stern leuchtete durch die Frostluft. Ich bin hinausgegangen. Serge, nach zwei Wochen Paris dieser Spaziergang! Ich fand in drei Stunden alles wieder, was zu mir gehörte. Und die Kälte – sie kniff die Winkel im Gehirn wach, wo bei mir die Märchen liegen. ›Die Schneekönigin‹. Ich lief aus dem Dorf hinaus, um meiner eigenen Phantasie zuzuschauen. Sie spielte vor mir ab, ich weiß nicht was – Gestalten von E.T.A. Hoffmann aus Schneegestöber: Der Mönch Medardus, die Puppe Olimpia. Jeder Schritt ließ Gras und Laub unter den Sohlen zersplittern. Es waren ein paar Stunden, wie sie alle Theater der Welt nicht bieten können. Der Schneefall wurde immer heftiger. Vor Freude habe ich geschrien – sicher. Ich ging dorthin, wo es sonst sumpfig ist, wo hohes Schilf steht. Wie Abertausende von Zeptern stach es aus dem Grund hervor, der noch nicht fest war. Unter einer dünnen Eisdecke quoll das Wasser um die Füße hervor. Das Schilf zerknitterte unter meinen Armen. Das kann man, das braucht man nicht zu ergründen, das Gefühl, das Wissen, im Klang der Natur mitkomponiert zu sein. Ich ein Ton, der sich in die bizarren Silhouetten der Weidenbäume weitertrug. Alles war klar, was von Harmonie, von der Dauer des Ich bezeugt ist.

Jean-Pierre und ich werden dort wohnen. Wir werden uns an die Jahreszeiten der drei Apfelbäume heften, die vor meinem Schafstall stehen. Was jetzt noch in Paris ist, ist Nötigung. Dort werden wir neu geöffnet sein und das Wesen von Frühjahr, Sommer, Herbst und Winter in uns auffangen und in uns erkennen. Unsere Liebe …

Kennst du den Norden, Etienne? Schau, ich habe den Himmel fotografiert. Es ist der Hollandhimmel der Seeschlachtenmaler.

Jedes mögliche Drama vollzieht sich in den sich zerbeißenden Wolken. Du brauchst nichts als dich, und die Fahrt deiner unbedrängten Entdeckung geht in einen vollendeten Atemwechsel über zwischen dir und dem bergelosen Land. Nichts ist vorhanden als dein Gedanke und ein Raum um dich, der jeden Weg gewährt, den dein Gedanke ganz zu Ende gehen kann.

Schau, das sind Aufnahmen, als der Schnee gefallen war. Der Himmel ist weiß, die Erde, und dunkel ist nur der Kopf Jean-Pierres. Ein schöner Kopf. So wie dort und damals hatten wir noch niemals miteinander gesprochen: wir haben alles, alles erzählt, uns fielen schon tote Tage wieder zu, wir haben uns wie Kinder benommen, einen enormen Schneemann gebaut, ihn Lucien genannt und uns für ein gemeinsames Leben entschieden. Wir müssen dorthin zurück. Du kannst uns später dort besuchen, du mußt den kleinen Fleck kennenlernen. Wir werden zuerst gegen Paris arbeiten müssen, es wird uns scheinbar zuerst vieles fehlen, aber der Ruhe muß ein eiserner Entschluß vorausgehen. Dort öffnet sich die Existenz zu einem Zusammenklang von gestern und heute, von innen und außen. Hier wird man kein Herr über irgend etwas. Hier ist zuviel Denken zu erfassen und nicht zu überwinden. Hier sind Jean-Pierre und ich in Reflexe zergliedert, ständig aufprallend. Ich vermag gar nichts zu ver-

innerlichen. Dort kann Jean-Pierre seine Detektivgeschichten weiterproduzieren, ich werde mein Buch schreiben, vielleicht auch eines über Swedenborg und den Marquis de Saint-Martin, ein bedeutender französischer Illuminist. Er wirkt bis in unsere Zeit. Es wird zum Leben reichen.
Aber entschuldigt. Ich halte Monologe. Etienne ist über seine Reise kein Wort losgeworden.«
»Das macht nichts. Das ist nicht schlimm …«
»Wir werden jetzt aufbrechen, Hervé. Grüß Jean-Pierre. Vielleicht hat er Lust, uns nachzukommen. Wir sind im ›Louvre Fou‹.«
»Ach Etienne, wo wohnst du eigentlich in Deutschland?«
»Bremen.«
»Schön, ich mag die Menschen dort. Da ist auch das Teufelsmoor, nicht wahr? Zehnmal lieber dort leben als in Paris.«
»Also ›Louvre Fou‹, Hervé!«
»Daß du noch immer dorthin gehst, Serge. Ja, ich richte es Jean-Pierre aus. Adieu.«
»Serge, laß uns in ein kleines, ruhiges Café gehen, etwas essen. Irgendwohin, wo kein Trubel ist.«
»Gut, wenn du meinst, dort vielleicht.«
»Ja. Das ist mir egal. Sag, sind sie denn schwul?«
»Die Hälfte der Ile-Saint-Louis ist es. Hervé und Jean-Pierre – zwei Welten. Nun, Gegensätze ziehen sich an.«
»Das andere Sprichwort: Gleich und gleich gesellt sich gern. Woher kennst du sie denn?«
»Man wohnt in einer Straße. Dahinten auf dem Gehsteig, das ist Jean-Pierre! Hallo! Setz dich zu uns. Ça va? Darf ich vorstellen, das ist Etienne aus Bremen. Wir zwei waren eben bei Hervé. Er hat uns seine Winterfotos gezeigt. Nimm eine Zigarette von mir.«
»Danke. Wie geht's, Etienne? Ich kenne dich nur vom Erzählen.«
»Es geht so, danke.«
»So, ihr wart also bei uns. Und mein kleiner Hervé hat von der

Normandie geschwärmt? Ich will übrigens noch in die Sauna. Kennt Etienne die Sauna?«
»Welche Sauna? Nein, kenne ich nicht.«
»›Continental‹. Für nur vierzig Francs einer der konsequentesten Plätze auf der Welt, nicht wahr, Serge? Kommt beide mit. Warst du noch nicht oft in Paris, Etienne? Du hättest doch von dieser Sauna gehört. Zwei der allerschönsten Pariserinnen sitzen an der Kasse. Ein Entschluß? Los doch, ein Trip in die rigoroseste Atmosphäre. Wie wär's, Etienne, Serge?«
»Gern, wenn Etienne will?«
»... ja – ich will.«
»Dann also auf – Boulevard des Italiens!«

16

»Hörst du das von unten, Etienne? Zizi Jeanmaire: ›Mon truc en plumes‹. Vom Schwimmbassin aus, es ist von unten angestrahlt, kannst du heute abend ›Some like it hot‹ sehen. Sie haben da eine Leinwand für Hollywoodschinken installiert.«
»120 Francs die drei Herren zusammen. Hier sind Ihre Kabinenschlüssel.«
»So, das waren nun die letzten Frauen und das Ende der Oberwelt. Eine Treppe tiefer beginnt das Arsenal der schönsten, der griffigsten Männerkörper von Paris.«
»Serge! – das hier, homosexuell alles?«
»Komm, Etienne. Und sprich nicht so laut. Du wolltest doch schließlich, komm.«

»Ich …«
»Serge, Etienne kennt sich hier ja wohl noch nicht aus. Darf ich ihn herumführen. Amüsier dich inzwischen gut, au revoir, Serge. Wir treffen dich dann an der Bar oder im Restaurant wieder. Kommst du, Etienne? Dein Kleiderschrank ist neben meinem. Bademantel und Tuch hängen drin. Aber … den Bademantel brauchst du nicht.«
»Bist du ausgezogen, Etienne? Kommst du? Knote dein Handtuch gut zu. Jemand zieht es dir sonst sofort von den Hüften. Nun laß doch den Bademantel da. Hier vorne ist der Frisierraum. Dort kannst du dir nachher die Haare fönen. Jetzt hier entlang. Das erste Mal habe ich mich hier unten auch nicht zurechtgefunden. Es ist beinahe ein größeres Labyrinth als jede Metro-Station – und die sind außerdem gut beleuchtet. Hier in diesen Gang. Nein, nicht die Tür da, sie führt in einen der Massageräume. Sie haben gute Masseure hier unten – in jeder Beziehung. Hier, hinter dieser Glastür beginnt es. Das Licht reicht gerade noch, um das Altersjahrzehnt der Männer wahrzunehmen. Schau, der ist Star im Opernballett. Er ist im Bett viel schlechter, als er aussieht. Das bestätigt dir jeder. Sieh mal an, er geht in den Gymnastik-Raum, um am Reck seine Statur bewundern zu lassen. Willst du ihm zuschauen? Nein? Na, dann komm weiter. Gleich beginnt die sogenannte ›Promenade‹. Gib dich ganz locker und atme einmal tief durch, denn es ist heiß in den Gängen. Dort kannst du jeden und alles berühren. Hier herein, sonst läufst du gleich in die Massenbums-Kabinen. Das muß nicht sein. An Samstagen wie heute hast du hier Auswahl unter, na, 300 Körpern. Den da kenn' ich, den auch. Bonjour, ça va?«
»Ça va.«
»Hier also beginnt die ›Promenade‹. Nachher, Etienne, kannst du dich hierher auf die Polster setzen … oder legen und dir jemanden aussuchen. Zeig aber nur nicht zuviel Interesse. Gerade die Schönsten reagieren viel eher auf ein äußerst schmales Lächeln.

Bleib dicht hinter mir. Laß dich nicht wegdrängeln. Das Aneinandervorbeidrängeln genießen sie hier. Man streift ja so gerne die blühenden Lebenszentren. Komm weiter. Erst gegen Mitternacht ist hier Hochbetrieb. Wir haben noch drei Stunden. Das ist wenig. Es gibt nichts, was die Zeit besser vernichtet, als die Erotik es tut. Hier findet keine Zeit statt. Was hier an Samen verspritzt wird! Komm. Ach ja, das dort sind natürlich die Gänge zu den Kabinen mit Doppelliege. Sie sind zwar allesamt etwas eng, aber sie haben Liegen, die mit einem wunderbaren, weinroten Leder überzogen sind. Hörst du das? Da drin keuchen sie sich schon ins Nirwana. Theatrum mundi, erster und letzter Akt. Weiter, hier um die Kurve. Die ganze Anlage hat Pentagon-Form. Eine Sauna so groß wie der Bahnhof einer mittleren Stadt.«

»Monsieur Le Grand, s'il vous plaît, cabine numéro 54.«

»Das war der Lautsprecher für die Massage. Dort geht es in den Fernsehraum für das erste Programm. Links daneben das zweite Programm. Zu komisch – falls ich mal Nachrichten sehe, dann ist es ausgerechnet hier, wo es nichts mehr an Zivilisation, Zeitalter – paß auf, Stufe – an Charakter gibt. Die Geschlechtlichkeit entwaffnet jede Rede von Giscard, die übertragen wird. Die Tür dort hinten zum Schluß! Du siehst wirklich sehr deutsch aus. Du wirst hier Erfolg haben.«

»Ich …«

»Pst, man sollte leise sprechen – falls man spricht. Was wolltest du sagen? Schau, schöner ist auch der Apoll von Belvedere nicht. Er hat sich endlich den Bart abnehmen lassen. Ich kenn' ihn.«

»Ça va, Bernard?«

»Ça va. Et toi, Jean-Pierre?«

»Ça va. Adieu.« – Er ist schon leicht im Verfall. Hast du die Fältchen um die Augen gesehen? Schon eine alte Hyäne, dieser Bernard. Jetzt wird es langsam peinlich, wenn er die Geschichtchen von seinem spendablen Farnese-Prinzen offeriert. Die Strichkarrieren sind halt höllisch kurz. Der Fürst wird lange für die

Erinnerung reichen müssen. Immerhin: ein Palazzo bei Rom und Farnese – es gibt miesere Lebenshöhepunkte. Serge ist übrigens Pessimist genug, um taktvoll alt zu werden, findest du nicht? Man muß sich ein wenig mehr verachten als lieben. Man nimmt dann nichts so lächerlich wichtig, man verkraftet leichter. Dann sollte man sich natürlich wieder mehr lieben als verachten. Nein, hier entlang. Verlauf dich nicht. Du wärst beinahe ins Solarium gelaufen. Mach das nachher. Dort, schau dir diese Type an, die dort dem Restaurant entgegenschwingt. Trippelt wie die Königin der Nacht persönlich. Bei dem greifen nur die Alten zu. Aber er wird nicht schlecht verdienen. Ja, das sind hier die Duschen. Ein paar Saunaräume gibt es schließlich auch. Vielleicht heißt es hier deswegen Sauna. Setz dich zu Anfang bloß nicht zu lang in die Hitze. Du kriegst dann keinen mehr hoch. Pardon, ich meine nur, mir ist das passiert. Wäre doch schade. Grandiosere Erotik als hier bekommst du nirgendwo angeboten, und so leicht und so im Überfluss. Ça va, André? Warst du in Amsterdam?«

»Nur zwei Tage. Stell dir vor, ich war dort nur mit Bernard zusammen. Diese schlohweißen Holländer! Ich komme immer wieder auf marokkanische Studenten zurück, mein Typ. Ist das dein Freund?«

»Nein!«

»Nein, das ist Etienne, ein Deutscher.«

»Salut, kommt doch einmal bei mir vorbei. Salut, ich werde jetzt in Kabine 45 erwartet, ein Sorbonne-Professor, aber noch ganz flott.«

»Salut. Komm weiter, Etienne. So, jetzt mußt du auf allerhand gefaßt sein. Jetzt wird es nicht nur heiß, sondern noch ganz finster dazu. Stolper nicht, kleine Stufe. Willst du nicht? Es frißt dich niemand – fast nicht. Hinter dieser Glaswand ist die Dampfsauna! Schmeiß dein Tuch dahin. Oh, du bist sehr schön. Komm. Hier. In dem Dunst erkennt man den Eingang kaum. So, mir nach, leise. Paß gut auf, wer dich anfaßt. Sag mir, wenn dir schwindelig wird. Mancher verträgt die Luftfeuchtigkeit nicht. Der Kreislauf fängt hier leicht das Turnen an. Leg deine Hand auf meine Schulter. Wir verlieren uns sonst. Geht's? Dieser heiße Dampf auf der Haut, das ist schon ein enormes Gefühl. Laß hier keinen an dich ran, hau ihnen einfach auf die Finger. Ich finde, dies hier könnte man unter Umständen als Inferno bezeichnen. Kannst du etwas erkennen? Das dort in der Mitte – Vorsicht, die Kacheln sind spiegelglatt – ist der Dampfbrunnen. Schau, da hinten, die Schemen, ganz dahinten, sie wichsen sich gegenseitig. Vier oder sechs, nein, noch ein paar mehr. Ich traue mich nicht dazwischen. Sie machen dich mit ihren Griffen in fünf Minuten fertig. Du weißt vor Händen, Zähnen, Lippen und Schwänzen nicht mehr, wo bei dir oben und unten ist. Da, an der Seite die Voyeurgalerie. Wie die Sardinen übereinander, ist das nicht Wahnsinn! Im Dunkel, nackt auf heißen, blanken Kacheln, rutsch nicht aus. Achtung, da kommt jemand auf dich zu, weich aus, die Hitze. Man rutscht manchmal im Sperma aus. Komm raus. Hier holt man sich schnell die einschlägigen Krankheiten. Da, da ist die Tür.

Das war also die Dampfsauna. Komm. Wir haben uns einen Beaujolais verdient. Ich spendiere uns einen. Na, Bernard, noch nichts Rechtes gefunden?«

»Nicht fürs dritte Mal. Salut!«

»Hier entlang, noch zwei Gänge und zwei Kurven. Dort, die Bar, das Restaurant, das Schwimmbassin; die Liegestühle rundherum sind immer belegt. Hier im Restaurant kann man ausgezeichnet essen. Du ißt auf dem Eiffelturm nicht besser. Vielleicht ein saftiges Steak? Aber erst hinterher. Dann schmeckt es tausendmal besser. Willst du lieber an die Bar oder dort an die Tische? Du kannst beim Schwimmen zusehen. Serge ist noch nicht da! Er wird in einer Kabine beschäftigt sein.«

»Serge …«

»Kennt ihr euch schon lange? Da werden gerade zwei Barhocker frei. Setz dich. Erzähl mal von dir. Deux Beaujolais, s'il vous plaît. Du machst Filme, nicht wahr? Über was, ich bin auch kreativ, sozusagen, aber bis dato nur Detektivromane – und das geht nach Schema F. Ich könnte mir nie etwas ausdenken, was ich öffentlich sagen möchte. Mich faszinieren jene Leute, die neue Gedanken anbieten, die sie von Anfang bis Ende durchhalten. Bei mir ginge alles fürchterlich durcheinander. Wenn du mich zum Beispiel nach der Sauna fragen würdest, wie ich sie beurteile, ich könnte es nie und nimmer sagen. Sie verschafft mir die größte Lust, plötzlich habe ich vor dem Fleischmarkt den größten Ekel. Ist das Bumsen hier primitiv oder nicht? Herrscht hier totale Freiheit, oder ist hier das menschliche Zusammenleben völlig verkrampft, verzerrt. Aber, was für Verbindungen gibt es überhaupt zwischen Freiheit und Verzerrung? Wieviel Fragen kann man stellen? Lassen wir's also. Oder Hervé mit seiner Normandie. Manchmal beneide ich ihn um seine ungebrochene Liebe zum stillen Schafstall – aber was für mich selbst das Richtige ist: die Ruhe dort oder die Erregung hier – ich weiß es nicht, nein, nicht einmal das, nicht einmal, ob ich mich nach Ruhe oder nach Erregung sehne. Schau dir hier dieses Luxusghetto an. Wenn ich es nicht zur Verfügung hätte, sexuell allein nur auf Hervé angewiesen wäre, es wäre mit meiner Beziehung zu ihm nach vierzehn Tagen vorbei gewesen. Man glaubt für gewöhnlich, hier unten das Seelische zu verlieren. Es ist sexuelle Massenabfertigung in vollkommener Anonymität. Aber Hervé sagt, solange ich glaube, hier meine Seele zu verschleudern, würde ich ihn immer mehr lieben lernen, unter Umständen hat er recht. Aber ich will nicht ins Räsonieren geraten. Ich will es sein lassen, irgendwelche Schlüsse zu ziehen, mir nützen sie nicht. Schau, der Glatzkopf dort hat sich im Solarium verbrannt. Idiot. Sag, Etienne, hast du in Spanien gearbeitet? Wie war's denn? Franco ist ja jetzt wohl gestorben. War's aufregend?«

»Ja, ja.«

»Wie findest du Spanien?«
»… schön. Es ist sehr schön.«
»Viele meiner Freunde ziehen Madrid Paris vor. Ist Madrid schöner?«
»Ich weiß nicht. Schöner?«
»Madrid muß recht kolossalisch sein. Gefiel es dir?«
»Gefallen?«
»Und wie benehmen sich jetzt die Leute dort?«
»Ich weiß nicht, es ist alles in der Schwebe – Anne, kennst du sie? Kennst du Anne? Wo ist sie?«
»Du, das weiß ich nicht. Welche Anne? Schöne Augen hast du, Etienne. Aber erzähl. Was machst du sonst, in Bremen?«
»Einen Film über Kernkraftwerke.«
»Tatsächlich! Dafür oder dagegen?«
»Es sollte … dagegen … mehr oder weniger, aber.«
»Ja, und sonst noch? Entschuldige, ich meine, noch andere Sujets, noch andere Filme?«
»Ich wollte über Spanien …«
»Auch ein soziales Thema? Bist du in einer Partei? Oder sollte der Film gar nicht politisch sein? Ein ästhetischer Spanienfilm oder was? Etwas Surreales? Lyrisch? Die Deutschen machen jetzt ja viele gute Literaturverfilmungen. Lorca, das wäre doch aufregend.«
»Nein! Keine Literatur! Kein soziales Thema! Nichts! Gar nichts!«
»Du, ich wollte dich nicht nerven. Ich beschäftige mich übrigens, außer mit den langweiligen Detektivgeschichten, noch auf eine andere Weise. Eigentlich zuerst aus Langeweile – und weil die Resultate meiner sogenannten ›Mischungen‹ zum Teil sehr komisch und skurril waren. Es entstand dabei nur Unfug, aber es amüsierte mich sehr. Hör zu. Es war zuerst ein Spiel, ein Spleen von mir: Ich habe Gedichte von zwei Autoren genommen, weißt du, zum Beispiel einen Surrealisten plus einen Klassiker, oder Victor Hugo plus Voltaire. Ich habe sie gemischt. Das muß ich dir

kurz erzählen, denn schließlich werde ich deswegen ganz allmählich berühmt. Ich habe gemischt, zuerst einen Vers von dem einen, dann einen Vers von dem anderen. Die Effekte waren erstaunlich. So zum Beispiel; ein Gedicht:

O Seele, schau sie an! Was für ein böses Spiel!
Mein traurig Herz speit auf das Heck.
Sie reizen gleich Gliederpuppen schier zum Lachen,
Mein Herz, bedeckt mit billigem Tabak
Sie spritzen es voll mit Suppendreck,
Sind schrecklich sonderbar wie Nachtwandler, die nicht wachen.
Mein traurig Herz speit auf das Heck.
Und dann wünsche ich mir, es sei solche Nacht
Auch noch ewig, und es möge niemals Aurora
Zu meinem Erwachen anzünden den Tag.
Wollt Ihr, daß ich Euch noch liebe
Gebt mir das Alter zur Liebe zurück.

Du hast sicherlich nicht bemerken können, was in diesem ›Gedicht‹ zusammengekleistert ist. Das entspräche meiner Absicht. Vier Dichter aus drei Jahrhunderten: Baudelaire, Rimbaud aus dem 19., eine Prise Petrarca-Lyrik von Ronsard aus dem 16. Jahrhundert und als Schlußpointe ein Tüpfelchen Voltaire. Gut gelesen ergibt diese Mixtur eine undechiffrierbare Groteske, eine Satire, die man nicht mehr erkennt. Darin liegt eigentlich das Wesentliche meiner Elaborate. Es macht mir einen großen Spaß, in unseren ›Kulturgütern‹ herumzustöbern, um ihre Ansprüche, einen nach dem anderen, zu einem absurden Konglomerat zusammenzuschütten. Und das Tollste dabei ist, daß zuweilen wieder scheinbar sinnvolle Produkte zustande kommen. Natürlich ist das Ganze ein Hohn auf jede angestrengte Ernsthaftigkeit, eine Kulturmörder-Anthologie. Aber warum sollte ich Skrupel haben? Schließlich besteht mein Arbeitsmaterial doch auch nur aus Phrasen. Sie sind für mich nicht mehr sanktioniert. Was heißt denn schließlich ›Böses Spiel‹, ›Gliederpuppen‹, ›Das Alter zur

Liebe‹? Rimbaud und Voltaire. Ich habe eine kleine Sammlung meiner Mischungen zusammengestellt. Ich habe sie Freunden gezeigt. Einer von ihnen war von der Idee fasziniert. Er sagte, wenn ich geschickt daran weiterarbeiten würde, dann könnte ich Samuel Beckett um den Verstand bringen. Er sagte mir, perfider könne man weder Voltaire verfremden noch den Zuhörer irreführen. Wenn ich wollte, könnte ich mit dieser Methode den verantwortungslosesten Nonsens zustande bringen. Alle meine Elaborate wären auf subtilste Weise bösartig: Sie beständen aus Diebstahl und komplettem Zynismus gegen jeden Gedanken, den ich benutze. Und welche sollte ich nicht benutzen? Er sagte, die Idee sei zur Zeit Gold wert. Sartre und Proust feinfühlig gemixt, das sei, philosophisch gesehen, das Ende von Sartre und Proust. Diese Additionen hätten nur noch ein Chaos zur Summe. Und, sag, warum sollte ich davor zurückschrecken? Ich bin nicht ängstlich, bin kein Moralist und Verwalter von Gütern der Nation. Mich interessiert es nicht, Thesen und Antithesen mit Synthesen und all diese Wahrheiten zu konservieren. Ganz im Gegenteil: Aus ihnen ein Nonsensregister zu machen, das überzeugt mich, sozusagen, und es wird mich demnächst ernähren. Schließlich werde ich noch wer, ein dernier-cri, was meinst du? Sag!«

»... Beurteilen ... mach nur, ach mach nur ...«

»Zur Zeit probiere ich noch an etwas anderem: Ich nehme kurze Prosastücke und ›verlängere‹ sie, ich füge dann und wann unmerklich einen Satz ein. Du solltest zu einer meiner Lesungen kommen. Du hast nie entsetztere Gesichter ernsthafter Leute gesehen als dann, wenn sie einen von mir ›verlängerten‹ Flaubert hören, Flaubert, den ich unterschwellig verbogen habe. Von einem Dichter habe ich tatsächlich schon einen Drohbrief bekommen. Hingegen hat mir ein Avantgarde-Verleger bereits einen Vorschuß gezahlt. Ich bin darüber verwundert, ich habe schließlich nur gespielt, und schon bin ich als Nihilist ›in‹. Meine äußerst angestrengten Aussageprodukte aus pubertärer Zeit haben nie Anklang gefunden. Hübsch fand sie nur meine Mutter. Wahrscheinlich hatte ich damals noch Vorstellungen und bin nun geschickter geworden. Schon ausgetrunken? Noch einen Beaujolais?«

»… Nein …«

»Un Beaujolais encore! Schau, Etienne, die beiden Jungen dort im Schwimmbecken. Ihre Haut ist beinahe so braun wie deine. Wie sie sich aneinanderdrücken, schau, sie streicheln sich und reiben und biegen sich. Ihre festen Schenkel aufeinander. Die Finger kosend von der Stirn das Rückgrat entlang bis zu ihrem muskulösen Po. Schau, wie sie sich aalen. Siehst du, ihre Erregung beginnt erneut, wenn sich nur die Füße im Wasser streifen. Siehst du, wie sie sich schön schamlos umeinanderdrehen und vor Geilheit ganz aufgeblüht sind. Komm, Etienne. Ich will jetzt nichts reden, nichts denken, ich will unter dir liegen, komm!«

»Hör zu, ich bin gar nicht …«

»Ach, gibt es etwas, was du nicht bist? Komm, trink deinen Wein aus. Ach, laß ihn stehen. Ich will deinen ganzen Körper abküssen. Ich will dich fertigmachen. Komm. Wir werden uns eine kurze Zeit genießen, ganz und gar. Erlebe einmal, was ein Mann ist, wie er sein kann. Liebe dich doch jetzt an mir. Komm, du mußt alles leben …«

»Ich kann nicht … Will das nicht …«

»Es wird dich faszinieren. »

»… will das nicht!«

»So eng sein, Etienne, das ist doch eine dumme Lüge. Gib dich hin, so zärtlich ich kann, halte ich dich dabei fest. Komm, wir können gleich … vor lauter Erlösung … wie von Sinnen sein. Ich weiß, ich kann es dir versprechen. Eine neue Welt für dich, nicht wahr? Also komm. Wie die beiden werden wir danach schwimmen – so gelassen, so intensiv. Komm. Ich will ganz zart zu dir sein. Körper, die aneinander sind, behutsam. Unsere fremden Hände, die sich verschränken, sich drücken, abtasten und fest zugreifen. Du kannst fest nach mir greifen. Leg dich dann erschöpft in mich hinein, ich werde meine Arme um dich schließen. Komm, für ein Leben werden sie noch um deine Schultern liegen. Komm.«

17

»Hallo, Jean-Pierre! Etienne! Seit zwei Stunden suche ich euch. Wo wart ihr denn? Na, schon gut. Wie geht's, Etienne?«
»Laß ihn, Serge, ihm geht's nicht gut. Der Magen. Wer weiß, was er in Spanien gegessen hat. Mitten im ... als wir gerade, mitten im Orgasmus ist er käseweiß geworden. Geht's etwas besser, Etienne?«
»Laß nur, ja, laß nur.«
»Komm Serge, wir bringen ihn in den Fernsehraum, da kann er sich ruhig hinlegen und sich verschnaufen. In Ordnung, Etienne?«
»Ja.«
»Los, Serge, hol ihm irgendeinen Fruchtsaft. Ich bring Etienne unterdessen in den Fernsehraum. Komm, Etienne, wenn dir schwindelig wird, dann halt dich an mir fest. Wir sind gleich da. Ist der Magen friedlich?«
»Ja.«
»Du hast was Falsches gegessen. Das wird bald wieder werden. So, hier herein. Setz dich da in den Sessel. Ich zieh den Tisch her. Leg deine Füße drauf. Bequem so?«
»Ja.«
»Ah, da kommt Serge zurück.«
»Ich hab' ihm einen Aprikosensaft geholt, der ist mild. Magst du, Etienne? Trink langsam.«

»Ja.«
»Brauchst du noch etwas, Etienne? Möchtest du eine Zigarette?«
»Nein, besser nicht. Bitte, geht.«
»In Ordnung. Wir schauen später nach dir, Etienne. Du kannst ja inzwischen fernsehen. Bis gleich, Etienne.«
»Ja.«
»Bis gleich.«
»Ja, Serge.«

… greifen Sie zu, Mesdames, das Kaufhaus ›Samaritaine‹ hält für Sie die exquisitesten Fleischpasteten bereit … Paris' Haute Couture kreiert die saloppe Frau … die KPF sieht in der Verstaatlichung die Lösung der Misere … Da Vinci, der genialste seines Jahrhunderts … die Tragik des Daseins … der Regen ist für mich Poesie … die amerikanische Hegemonie leitet das Ende europäischen Denkens ein … ich sage nur: Sonnenenergie … aus dem ›Bobinot‹ live: ›Merde à l'amour‹ … die Zukunft wird es zeigen … Mesdames, Messieurs, Kanal II der ORTF setzt bis 1 Uhr 55 sein Nachtprogramm fort. Sie sehen … Doris Day in ›Bettgeflüster‹ … die Wissenschaft irrt … die USA, das ist die Kraftquelle unserer Epoche … für Lorca ist die Sonne das Elixier der Lyrik … eine Komödie, das Leben ist nichts als eine Komödie … da haben wir das Genie seiner Zeit: Albrecht Dürer … das geschützte Privateigentum ist gleichzeitig das geschützte Individuum, so der Sprecher der Liberalen … Roms Schneider machen aus Weibern wieder Damen … Auf, Mesdames, Messieurs, auf zu ›La Belle Jardinière‹. Die vorzüglichsten Fleischpasteten finden Sie in unserer Delikatessenabteilung … und nun, Mesdames, Messieurs, zum Programmschluß wie immer die Spätnach …
»Etienne! Schau, Serge, er schläft wie ein Toter. Das Fernsehprogramm muß sterbenslangweilig gewesen sein.«
»Wie ein Toter – Quatsch, er ist seit Tagen pausenlos unterwegs.

Er hat sich abgestrampelt.«
»Faß mal an, Serge, die Stirn ist ganz heiß.«
»Fieber?«
»Ich glaub'.«
»Los, wir transportieren ihn ins Bett. Er sieht ja ganz jämmerlich aus. Er war die ganze Zeit schon so seltsam, halb k.o., halb hysterisch. Du hast ja seine Augen gesehen. War vielleicht alles ein bißchen viel für ihn. Was hast du denn mit ihm gemacht, Jean-Pierre? Du kennst diese deutschen Nerven noch nicht, immer tief dramatisch.«
»Wecken wir ihn, sonst bekommt er noch Alpträume – und die Sauna macht auch gleich zu.«
»Etienne! Aufwachen. Aufwachen, Etienne …«
»… und ab ins Bett. Schluß für heute … übermorgen kann's wieder losgehen.«

Ein besonderer Dank gebührt Volker Kinnius, der bereits bei der ersten Fassung, 1978, mitgearbeitet hat.

Nachbemerkung

Als die Debatte um die 78er-Generation vor ein paar Jahren so richtig losging, wurde – vorzugsweise von den Älteren, den 68ern, aber auch von den Vertretern ebenjener Generation, den zwischen 1952 und 1962 Gebornen – immer wieder dieselbe Frage gestellt: Was sollte 1978 denn losgewesen sein, auf daß sich daran eine ganze Generation exemplifizieren ließe? Und obwohl diese Frage eigentlich grundsätzlich falsch gestellt war, wird ihr nun doch noch eine Antwort zuteil: 1978 schrieb Hans Pleschinski seinen ersten längeren Prosatext, eine Novelle mit dem Titel Zerstreuung, die freilich erst jetzt – Pleschinski ist mittlerweile 44 Jahre alt und hat sich als Romancier und Übersetzer längst einen Namen gemacht – den Weg zum Leser findet. Nicht ganz untypischerweise, ist diese Generation doch eine, die sich sehr viel Zeit gelassen hat (bzw. lassen mußte), was ihr, nebenbei bemerkt, nicht unbedingt zum Schaden gereichte.

Daß ein etablierter Autor seinen Erstling mit derartiger Verspätung publiziert, mag verwundern, mutig ist es allemal. Aber auch eminent aufschlußreich, und zwar nicht nur in Sachen Pleschinski. Immer wieder nämlich finden sich in dessen Zerstreuung Kardinalsätze, die aus besagter Debatte um die 78er-Generation stammen könnten, Sätze, die mitten ins Wesen dieser Generation treffen, und zwar zwei Jahrzehnte bevor sie sich als solche überhaupt zu begreifen bereit war. Natürlich hat Pleschinski in seinem Erstling alles andre vorgehabt als ausgerechnet dies neue Generationsgefühl zu vermitteln – ich nehme an, er war vornehmlich daran interessiert, seinen Protagonisten in die Pariser Sauna zu bringen, wo das unerhörte Ereignis eines neuen Lebenslustprinzips buchstäblich über ihn hereinbricht.

Nichtsdestoweniger lassen sich zahlreiche Gedanken, die sich ebenjene Hauptfigur auf ihrem Weg vom Aufklärer zum freien Moralisten macht, wie programmatische Äußerungen lesen, vor allem dann, wenn man sie – zum Entsetzen jedes Philologen – aus ihrem Zusammenhang reißt und neu zusammensetzt: »Ich verzichte auf jede Zielsetzung« – »ich, ein Dahin-Wurstler« und »Intuitiv-Nörgler«, »ich werde privat». »Soziales Engagement? Das wird sich finden.« »Nur keine ›öffentliche Absicht‹ und Gefälliges. Nur nichts beurteilen.« »Ich gestehe mir meine undefinierte Weite zu.« »Staunen und nicht mehr staunen, das teilt die Lebenshälften.« …

… undsoweiterundsofort – mühelos ließe sich ein kleines verfrühtes Manifest der 78er aus solchen im Jahre 1978 geschriebenen Sätzen zusammenstellen. Ein beiläufiges, wenngleich entschlossnes »Nein, keinerlei System!« könnte darin zur Kernthese avancieren; in vorliegender Novelle ist es zumindest das heimliche Leitmotiv, das, was deren Hauptfigur in scheinbarer Ziellosigkeit vorantreibt, einem neuen unbekannten Ziele entgegen: ein spielerisch ernster Selbsterfahrungstrip, der vom braven Post-68ertum in die »allerwaghalsigste Subjektivität führt, von der laufenden »Anstrengung für eine haltbare Meinung« zur »schlichten Schicksalshingabe«, in der dann immer wieder vor allem eine Erfahrung moduliert wird: »daß die Antwortlosigkeit ein wundervoll erregender Zustand sein kann«, jedenfalls weit erregender als die ideologisierten Vorgaben einer älteren Generation und ihrer »schon lange nicht mehr nachvollziehbaren Engagiertheit».

Ja, in dieser kleinen Novelle findet nicht mehr und nicht weniger statt als eine sanfte Revolution, wenngleich in der Form eines höchstprivatistischen, leicht dandyhaften Abenteuers. Doch

inzwischen ist es bis in die hintersten Winkel der Feuilletons gedrungen, daß derlei damals kein Einzelfall war, daß sich in der hunderttausendfach vollzognen Privatabkehr von den Vorgaben der 68er ein ebenso relevanter Generationswechsel vollzog wie derjenige, der mit Pauken & Parolen herbeigeführt wird. Auch ich hatte damals »keine Lust (mehr), ein Auswurf der Dialektik zu sein«, auch ich frönte dem Laisser-faire und einer selbstverordneten Naivität; freilich war ich seinerzeit weit entfernt von der Leichtigkeit, die Pleschinskis Sprache auszeichnet und die mir jetzt, zwei Jahrzehnte später, als im besten Sinne unzeitgemäß erscheinen will: »Was man braucht, das ist ein elegantes Verhältnis zur Realität. Was bringt die flügellahme Seriosität ein? Ein Leben als Kartoffel auf der Gemüsereibe.« Wer hat, allen Ernstes, schon im Jahre 1978 (und also wenige Monate nach dem bleiernen deutschen Herbst) solch ketzerische Gedanken riskiert, und wer, vor allem, hat sie über weite Strecken in ein flüssiges Parlando einzukleiden gewußt, das im Laufe der Jahre nachgerade zum Spezifikum eines Pleschinski-Textes wurde?
Nein, dies ist gewiß kein »angestrengtes Aussageprodukt aus pubertärer Zeit«, sondern ein extrem unangestrengtes: das impressionistisch-fragmentarische Protokoll einer geglückten Flucht aus Deutschland und damit aus einem vorgegeben kritischen Lebensrahmen in einen der nahezu vollständigen Offenheit. Ein Paradoxon? Aber was für eines – erst mit jener allein durch die Ich-Instanz »gerahmten Offenheit« wird etwas Neues und Schwieriges möglich: sich selbst die Maßstäbe zu setzen, um der anbrandenden Lebensfülle überhaupt noch Herr zu werden. Auch und gerade in den Details: »Mir ist nach leckerem Toast, wenn's geht, mit grünen Spargelspitzen.«
Mehr Aufbruch war nie. Auch das war … 1978.

Hamburg, Juni 2000 Matthias Politycki